치킨으로 귀신 잡는 법

차례

1. 치킨과 차가운 귀신

1.

차가운 귀신을 잡으려면 뼈가 드러나고 살덩이가 조금 붙어 있는 식은 치킨 한 덩이면 충분하다. 그렇게 말한 사람은 내가 자주 가는 이태원의 옛날식 치킨집 주인이었다. 튀긴 닭 냄새가 벽지에 밴 그곳은 테이블 세개 정도의 아주 작은 가게였다. 문을 열면 기름 냄새가 가득해 그대로 훅 프라이드치킨의 품으로 뛰어드는 기분이었다.

그곳에서 튀겨주는 닭은 옛날식이어서 약간의 후추가 섞인 고운 소금에 찍어 먹어야 제격이었다. 사장은 튀긴 닭을 덥석덥석 뜯어 커다란 플라스틱 접시에 내주었다.

내 옛날 여자 친구는 타원형의 그 접시가 어딘지 비행접시를 닮았다고 했다. 접시의 끝은 그을려 검게 변해 있었다. 나는 그 부분을 손가락으로 가리키며, 여기에 엔진이 있었나 보네, 라고 말했다.

양념…… 치킨?

그런 것 따위는 취급하지 않았다. 오직 바삭바삭하게 튀긴 닭으로 승부를 보았다. 바삭한 튀김옷과 닭고기의 담백한 살점이 어우러지는 그 느낌은 안 먹어본 사람에게 설명이 힘들다. 이곳의 프라이드치킨은 배달은 안 하지만 포장은 가능했다. 역시나 옛날식 튀긴 닭에 어울리게 누런 종이봉투에 튀긴 닭과 닭의 심장 같은 작은 소금 비닐봉지, 그리고 역시 비닐봉지에 담은 절임무를 주었다.

대단한 맛은 아니었다. 다만 그 튀긴 닭이 배 속으로 들어가면 느끼한 게 아니라 이상한 마법의 닭고기 수프를 먹은 듯 따뜻하고 기분이 좋아졌다. 닭튀김 하나에 그런 맛을 내는 걸 보면 그 업계에서 장인은 장인이었다.

아, 잠깐 군침 좀 닦고…….

내가 튀긴 닭에 대한 글을 쓰려고 한 건 아니었다. 이건 치킨의 달인에 관한 원고가 아니다. 나는 차가운 귀신에 대해 털어놓을 작정이다.

그러니까 치킨집 주인이 차가운 귀신 이야기를 한 날은 내가 혼자 가게를 방문했을 때였다. 나는 여자 친구와 헤어졌고 그녀의 기억을 모두 쌈 싸 먹으리라 생

6

각했다. 하지만 그녀는 종종 귀신처럼 내게 들러붙곤 했다. 가끔씩 붉게 변하는 흰 목덜미로 내려오는 황금빛 머리카락. 엄지발톱에 바른 우윳빛 매니큐어…… 그녀를 잊었다고 생각해도 그녀는 훅훅, 내게 달려드는 것이었다.

헤어진 연인은 어느 순간부터 저주에 걸린 잠자리와 비슷하게 간질간질 내 주위를 맴돌았다. 긴 손가락 두 개로 내 고환을 만지작대며 그리 말하기도 했다.

"네 엔진은 여기에 있니?"

가끔은 소개팅 자리에 나타나 소개팅녀 옆에서 긴 머리를 휘날리며 칼칼칼 비웃기도 했다.

그날도 역시 그 기분을 잊기 위해 혼자 이태원의 옛날식 치킨집을 찾았다.

"반 마리는 안 되나요, 아저씨."

나는 절임무보다도 무뚝뚝한 그에게 간곡한 표정을 지으며 물었다.

"안 됩니다."

앞치마를 걸친 치킨집 주인은 맥주 피처잔을 들고 그리 말했다.

그는 뜨거운 한약을 식혀가며 마시듯 손에 쥔 맥주잔으로 작은 원을 그렸다. 평소에도 말이 없었지만 오랜만에 본 그는 더 냉랭하게 보였다. 서비스 정신, 그런 건 애초에 없는 사장이었지만 이제는 아예 눈빛까지

단호했다. 내가 닭을 훔치겠다는 것도 아니고, 반 마리만 먹겠다는 건데……

'뭐야, 못 먹을 게 뭐야.'

나는 테이블에 앉았다.

"한 마리요, 목까지 전부."

그때까지는 내가 이 사장에게 차가운 귀신에 대해 들을 거라고는 짐작조차 못 했다.

나는 그저 쓸쓸히 닭만 뜯었다. 이 자그마한 치킨집에서 오롯이 홀로인 손님이 나였다. 기름진 입술로 입을 맞추던 옆 테이블 남녀 커플은 나를 더 쓸쓸하게 했다. 앞 테이블에는 야구모자를 똑같이 뒤로 쓰고 똑같은 콧수염을 기른 거대한 게이커플이 앉아 있었다. 그들은 닭 한 마리가 적다고 투덜대다 닭 날개 뼈를 손에 쥐고 흔들며 트와이스의 <KNOCK KNOCK>을 흥얼 거렸다. 나만 말없이 푸석한 닭가슴살을 씹고 또 씹었다.

배가 두둑해질 때는 그녀를 잊었지만 배가 터질 것 같은 순간에는 슬펐다. 튀긴 닭 한 마리를 둘로 나눌 때의 마음과 한 마리를 억지로 배 속에 욱여 넣을 때의 마음은 진정 달랐다.

더구나 두 테이블의 커플들이 모두 떠난 뒤에도 퍼석퍼석한 닭가슴살이 여전히 남아 있었다. 그 옆에 잘린 목 토막도 하나 덩그러니. 목은 별것 아니었지만 그

먹다 남긴 가슴살덩이를 보는 것이 그렇게 서러울 수가 없었다. 다리는 먹고, 날개도 뼈째 씹었지만, 몸통의 반을 먹다 턱 막힌 것이었다. 나는 말없이 튀긴 닭 모가지의 구부러진 어딘가를 젓가락으로 툭툭 쳤다. 그때마다 내 감정 어딘가의 깊숙한 서러움을 건드리는 듯했다.

텔레비전으로 메이저리그 경기만 보고 있는 줄 알았던 치킨집 사장이 힐끔 나를 보았다. 아마 한참 전부터 그랬는지도 모르겠다. 젓가락으로 닭 목을 툭툭 치면서도 무언가 목덜미에 바늘이 꽂히는 것 같은 기분이 들었으니까. 내가 고개를 들었을 때 그는 허리에 손을 얹고 말했다.

"남은 치킨으로 뭘 할 수 있는 줄 알아?"

"뭐, 냉동실에 얼려뒀다가, 나중에 케첩 발라 프라이팬에 볶아 먹겠죠."

그는 물끄러미 나를 바라보았다.

그 표정이 너무 심각해서 살짝 겁이 날 정도였다. 어쩌면 그는 튀긴 닭의 장인 같은 마인드를 지니고 있어서, 자신의 닭을 냉동했다 프라이팬에 볶는다는 사실만으로 분노하는지도 몰랐다. 더구나 나는 기초양념을 다디단 토마토범벅으로 만들어버릴 케첩까지 바르겠다고 했다.

닭집 사장은 왜 닭 모가지를 치는 직업을 택했을까?

문득 불안한 생각이 들기 시작했다.

어쩌면 그는 살인에 광적으로 집착하는 욕망을 억누르기 위해 닭 모가지 치는 직업을 택했는지도 몰랐다. 하지만 이런 나의 상상은 금방 다시 싸늘해졌다. 요즘에는 목이 잘린 생닭이 닭집으로 공수될 거라는 상식적인 생각 때문이었다.

그때만 해도 나는 정말 닭집 사장이 차가운 귀신에 대해 말할 거라는 상상조차 못 했다. 그는 그렇게 말했다.

"이제 곧 자정이 지나면 음력 2월 22일, 차가운 귀신을 잡을 수 있는 유일한 날이지."

심지어 닭집 사장은 차가운 귀신의 꼴에 대해서는 설명조차 하지 않았다. 세상에 차가운 귀신이 커다란 얼음판 위에서 발이 시려 깡충깡충 뛰는 것 같은 꼴로 다가오다니.

2.

치킨집 주인의 말에 따르면 차가운 귀신이 내게 그녀를 잊을 비법을 말해준다 했다. 나는 주인의 말대로 남은 치킨과 닭뼈를 몽땅 비닐에 넣어서 현관 앞에 두었다. 물론 주인의 말대로 봉지는 묶지 않고 그대로 열어두었다. 향냄새가 아니라 치킨 냄새가 풍기도록. 그리고 모든 불을 끈 다음 현관문을 바람이 들어올 정도로

만 살짝 열어둔 채 태연하게 식탁에 앉아 있었다.

물론 속이 편하지는 않았다. 참 내가 별것 아닌 인간이 다 되었구나, 싶을 지경이었다. 치킨집 주인의 말대로 뼈가 다 드러나도록 파먹은 치킨을 칼과 함께 비닐에 넣었으니 말이다. 어쩌면 사장은 내가 식은 치킨을 마저 해치우도록 그런 말도 안 되는 소리를 했는지도 몰랐다.

그런데 새벽 세 시 무렵에 누군가 요란하게 재채기를 하는 소리가 들렸다. 깜빡 졸았던 나는 잠이 깨어 현관을 바라보았다. 처음에는 바퀴벌레가 사각사각 걷는 소리를 잘못 들은 줄로만 알았다. 그런데 누군가 얼음판에서 경중경중 맨발로 뛰는 사람처럼 다가왔다. 조명을 꺼두었지만 그의 몸 주위로 푸르스름한 빛이 감돌아 나는 차가운 귀신의 모습을 그대로 볼 수 있었다. 그 빛이 초라한 모습의 우스꽝스러운 남자가 귀신이라는 사실을 알려주는 유일한 증거이기도 했다. 그 푸르스름한 불빛이 아니었다면 나는 감지 않은 머리를 늘어뜨린 이 남자를 노숙자로 착각했을 게 틀림없었다.

차가운 귀신은 오른발 왼발을 번갈아가며 깡충깡충 뛰었다. 그러면서 재빨리 닭뼈를 입으로 가져가 신나게 씹었다.

세상에 내가 치킨으로 귀신을 잡다니.

하지만 놀라움은 잠시였다. 나는 한심한 눈으로 차가운 귀신을 바라보다 물어보았다.

"닭뼈가 참 맛나나 보네요."

"예로부터 생닭의 울음은 귀신을 멀리 쫓았지. 닭피를 뿌리면 귀신이 겁에 질려 다가오지도 못했다네. 허나 죽은 닭의 뼈는 우리 귀신들이 가장 좋아하는 간식이지. 새우깡 같은 거라고나 할까? 귀신들은 산 사람이 침으로 더럽힌 닭뼈의 냄새에 이끌려 밤거리를 돌아다니지. 침범벅의 닭뼈를 먹으면 사람의 영혼 깊숙한 곳에 고인 골수를 핥아먹는 맛이 나거든. 사실 사람의 혼이 더 맛나지만, 사람의 혼을 빼앗아 먹는 건 워낙 금기라서."

차가운 귀신은 닭뼈를 모두 먹어치운 뒤, 아쉬운 듯 방바닥을 눈으로 훑었다.

"귀신들은 매일 밤 닭뼈를 찾아다니시나 봐요?"

"날이면 날마다 나오는 귀신은 잡귀고, 나 같은 고급 귀신은 특별한 날에만 나타나도록 운명이 지어졌지. 2월 22일이 바로 나의 날이야."

맞다, 치킨집 사장이 2월 22일에만 차가운 귀신을 잡을 수 있다 했다.

"아, 레어템이시다?"

나는 턱을 괸 채 한심하게 차가운 귀신을 바라보았다. 내가 이런 꼴을 보려고 닭뼈를 여기까지 가져왔나

싫었다. 하지만 고급 귀신이 어쩌면 내 소원을 들어줄 수 있을 것도 같았다.

"그러니까 젊은 총각, 앞으로는 닭뼈를 함부로 버리지 말라고. 귀신과 직접 만나지 않으려면."

"잠깐만요!"

나는 떠나려는 차가운 귀신을 서둘러 불렀다.

"닭뼈를 버린 게 아니에요. 내가 당신을 불렀어요. 치킨으로."

나는 차가운 귀신에게 자초지종을 모두 털어놓았다.

"그러니까 나를 부르는 방법을 알려준 게…… 바로…… 치킨집 주인이란 거지?"

"맞아요, 당신을 부르면 여자 친구를 잊게 해준다고 했어요."

"나는 그런 능력이 없는데."

차가운 귀신은 어느새 내 주위로 가까이 다가왔다. 여전히 팔짝팔짝 뛰면서 말이다. 가까이 다가오니 그의 보랏빛 도는 살갗이 더더욱 역겨웠다. 더구나 뛸 때마다 바늘 같은 냉기가 내 살갗까지 튀었다. 그 감촉이 따갑고 싫어서 나도 모르게 식탁 의자에 일어나 뒤로 몇 걸음 물러났다.

"내가 그리 무섭나?"

"네, 그래요. 아주 무섭네요. 치가 떨려요."

하지만 나는 이 차가운 귀신이 여전히 탐탁지 않았다.

이런 양반이 어떻게 그녀를 잊게 해주겠다는 건데?

"그럼, 치킨집 주인이 당신을 부르라고 한 이유가 뭐죠?"

"내가 그 사내를 한번 도와준 적은 있거든."

"어떻게요?"

"시름을 잊게 해달라고 했어."

그의 시름이란 내 기준에 시답잖은 것이었다. 배달앱이 등장한 이후로 가뜩이나 몇 년 동안 매출이 저조한 옛날식 치킨집의 매출이 더 바닥을 찍고 있다는 것이었다.

"나라면 그냥 배달앱에 등록하겠네요."

"그게 그 주인장은 배달하는 동안 절정의 맛이 사라지는 걸 참을 수 없다고 했어."

"절정의 맛이요?"

나는 과연 튀긴 닭에 얼마나 절정의 맛이 깃들어 있을지 의아스러웠다. 하지만 그에게는 그게 아주 중요했던 것일지도 몰랐다. 내가 괴로워하고, 잊으려 하는 그녀와의 추억에, 아직 희미하게 달콤함이 묻어 있는 것처럼.

"그래서 그를 어떻게 도와줬어요?"

"얼렸어."

"얼렸다고요?"

"그게 내가 할 수 있는 유일한 일이야."

그는 치킨집 주인의 매출에 대한 고민을 얼려버렸다. 그 후로 그는 손님이 없을 때면 맥주를 좀 더 마시기는 했어도 고민에 빠지지는 않았다.

나는 잠시 고민에 빠졌다. 누군가와 사랑에 빠졌다 헤어졌다는 이유로 그 사람의 추억을 얼려버린다는 것이 합당한지에 대해. 내 마음 깊은 곳 어딘가 냉동고가 있고, 그곳에 누군가에 대한 기억을 가둬둘 수 있는가에 대해.

내가 그 고민을 하는 동안에도 차가운 귀신은 계속해서 내 주위를 맴돌며 빙글빙글 돌았다. 그리고 여전히 양쪽 발을 번갈아가며 깡충깡충 뛰었다.

"정신 사나우니까 그만하라고요!"

"미안, 이게 내 운명이야. 차가운 귀신으로 사는 건 영혼의 시베리아 벌판을 하염없이 구르는 일이지."

그는 발바닥이 꽤나 시린지 말투가 참 신경질적이었다.

허탈과 초월. 나는 오늘 밤 차가운 귀신을 만난 것도 인연이라고 생각했다. 그래, 그녀를 얼리리라. 나는 차가운 귀신을 물끄러미 바라보다 고개를 끄덕였다. 차가운 귀신은 껑충 뛰어올라 내 어깨 위에 올라앉았다. 그 순간 내 몸 깊숙한 곳으로 차가운 얼음 조각들이 우르르 쏟아져 내려왔다. 마음 깊은 곳 어딘가 살고 있는 운명의 개구리들이 "냉골, 냉골, 냉골" 울어대는 것만 같았다.

다음 날 잠에서 깨어났을 때 나는 식탁에 엎드려 있었다. 일주일 후 나는 친구의 소개로 은행에서 일하는 두 살 연하의 여성을 소개받았다.

그녀에게서 나는 아무 설레는 감정도 느낄 수 없었다. 그제야 나는 멍청해 보이는 차가운 귀신이 내게 무엇을 빼앗아갔는지 알 수 있었다. 언제나 추운 영혼인 그는 인간의 고통스러운 감정의 열기를 땔감 삼아 겨우 버텨가는 악귀에 불과했다. 이제 내게 더는 사랑이 없다.

2. 멍든 별

X는 Y별에 사는 존재로 그의 왼쪽 볼기에는 푸른 반점이 있었다. Y별의 사람들은 그것을 몽고반점이라는 명칭으로 불렀다. 반점이란 단어는 Y에서 흔히 쓰이는 단어였다. 대개는 불길한 의미를 띠는 경우가 많았다. 존재에게 반점이 생긴다는 것은, 그의 삶에 그늘이 진다는 것과 마찬가지였다. 혹은 사랑하는 존재에게 반점이 퍼졌다는 뜻은 이미 그 사랑의 말로가 보인다는 뜻이었다.

설마 했던 내 사랑이/네 마음의 반점으로 변했어.

이건 한때 Y별에서 빅 히트한 유행가의 유명한 가사였다.

왜 평범한 반점이 불길한 상징이 되었는가에 대해서는 의견이 분분했다. 아주 먼 옛날 Y별이 멸망했던 시기에 불길한 전염병이 퍼졌다는 학설을 주장하는 고고학자도 있었다. 하지만 Y별은 고고학적 유적이 남아 있지 않은 별이었다. 그렇기에 고고학자를 몽상가, 혹은 망상가로 취급하는 이들도 적지 않았다.

X는 고고학자의 아들로 태어났다. X의 아버지는 대개의 고고학자들이 그렇듯 Y별 각국의 케이블 채널에 출연했다. 고고학자들은 케이블 채널의 주요 게스트였다. Y별 사람들은 깊은 밤 옛날이야기를 듣는 대신 고고학자들의 여러 가지 학설에 귀를 기울였다.

'우리 모두 실험실에서 태어난 세균 같은 존재 아닌가?'

Y별 사람들의 태생적 비극은 그들의 근원에 대해 알 수 없다는 사실이었다. 그렇기에 그들은 고고학자들의 근원을 알 수 없는 헛소리를 자장가 삼아 꿈을 꾸었다.

"Y별 사람들의 꿈을 만든 것은 우리 고고학자들이지."

X의 아버지는 자랑스럽게 자신의 직업에 대해 말했다. 근원을 알 수 없는 Y별 사람들도 꿈을 꾸었다. 하지만 그 꿈은 대개 겹겹이 이루어진 박스들과 비슷하였다. 아무리 고개를 내밀고 빠져나가도 계속해서 박스

안이었다.

물론 박스는 종종 다른 것들로 변형되기도 했다. 종이배, 겹겹으로 포개진 꽃양배추, 거대한 검정소의 두 번째 위장 속. 하지만 공통점은 그곳에서 아무리 버둥거려도 바깥으로 나갈 수 없다는 것이었다.

"우리는 택배족이죠."

어떤 고고학자는 케이블 채널에 출연해서 그런 소리를 지껄여댔다.

"먼 옛날 지구의 조상들이 우리를 택배에 실어 Y별로 쏘아 보낸 겁니다. 물론 그 택배 안에는 최초의 생식세포들이 들어 있었죠."

X의 아버지는 끌끌 혀를 차곤 했다.

"헛소리야, 그럼 택배 속의 정자와 난자가 Y별이라는 거대한 자궁 안에서 착상했다는 건가?"

실제로 다음 주에 그 고고학자는 그렇게 주장했다.

Y별은 우주여신의 거대한 자궁이며, 그 자궁에서 Y별의 사람들이 태어났다고.

X와 X의 아버지는 함께 코웃음을 쳤다. X의 아버지는 Y별을 생물학적이고 전설적인 존재로 가정하는 모든 고고학자들을 경멸했다. 그들에게 Y별은 신성한 생명체나 다름없었다. 그것은 우주의 아메바가 되기도 했고, 한쪽만 남은 거대한 불알이 되기도 했으며 그런 헛소리를 한 고고학자는 나머지 한쪽은 우주를 배회

하는 혜성이 되었다고 말했다. 누군가는 Y별은 영양학적으로 풍부한 배설물이며, 그곳에서 Y별의 인류가 구더기처럼 자라났다고 주장했다.

또 어떤 이들은 Y별을 컨베이어벨트로 설명했다. Y별의 우리들은 조립된 존재라고 했다. 어떤 고고학자는 우리는 거대한 게임과 다르지 않으며 언젠가 신적인 존재가 전원을 내리면 세상은 멸망한다고 했다.

고고학적 증거를 보여주는 유물이 없기에 고고학자들은 마음대로 무의식의 우물에서 존재의 근원을 말하는 유물을 퍼왔다. 누군가는 꿈으로, 누군가는 몽상으로, 누군가는 관념으로, 누군가는 헛소리로. 모든 것이 완벽한 Y별에서 유일하게 헛소리가 용인되는 학문이 바로 고고학이었던 것이다.

X의 아버지는 대부분의 고고학자들과 달랐다. X의 아버지는 Y별의 역사에 대해 입을 다무는 고고학자였다. 그가 케이블 채널에 출연해서 하는 일은 수많은 고고학자들이 몽상처럼 내뱉은 Y별의 근원에 대한 가설을 조목조목 빈정대며 반박하는 일이었다. 그러던 어느 날 X의 아버지가 케이블 채널의 프라임타임 방송에서 특별한 선언을 했다.

"나는 우리가 사는 별 Y에 대해 말하고 싶지 않습니다."

X의 아버지는 침을 꿀꺽 삼키더니 그렇게 말했다.

"나는 지구에 대해 말하고자 합니다. 그곳은 태양계의 푸른 별이고, 우리의 조상이었던 인류가 살던 별입니다."

그러면서 X의 아버지는 몇 번의 빙하기를 거쳐 지배자가 바뀐 지구에 대해 설명하였다. 한때는 거대한 파충류가 그 별을 지배하였고, 겨우 파충류의 간식거리에 불과했던 원숭이 인류가 진화해 그 별의 지배자가 되었다고. 그 후로 푸른 별은 파란만장한 살육과 사랑, 섹스와 광기의 역사를 지니게 되었다고.

Y별 사람들은 기다렸다. 지극히 심심한 Y별 사람들과 푸른 별의 그 제멋대로인 존재들과의 연결고리를 X의 아버지가 말해주기를. 하지만 X의 아버지는 절대 그 부분은 말하지 않았다. 계속해서 지구의 역사를 이야기할 따름이었다. 어떻게 지구에 대해 잘 알게 되었느냐는 질문에는 턱수염을 쓰다듬으면서 고개만 까닥였다.

"Y별의 다른 고고학자들과 내가 크게 다른 점은 없습니다. 다만 다른 고고학자들이 우리가 사는 별에 대해 망상하는 동안, 나는 우리의 근원인 쌍둥이별 지구에 대해 고뇌했을 따름이죠."

X의 아버지는 수많은 케이블 채널에 등장했다. 그의 이론은 신선했고, 사람들 사이에는 지구라는 이름을 지닌 푸른 별에 대한 가상의 역사 세우기 놀이가 유행

했다. 지구의 인류는 별다른 이유 없이 다른 인종을 말살시키곤 했다. 한 줌의 향신료나 반짝반짝 빛나는 장식품을 얻기 위해서. 또한 성욕이 넘치는 그들은 같은 인종이 아닌 다른 동물들을 성적인 도구로 착취한 긴 역사가 있었다. 닭, 염소, 소, 원숭이, 심지어 과학기술이 발달한 후에는 냉동된 짐승의 고기나 실리콘과 아미노산으로 만들어진 인형까지 등장했다.

지구의 역사는 수많은 소설로 만들어졌다. 혁명가, 여왕, 노예, 왕, 식인종, 선장, 공장장 등 수많은 직업군들이 그 소설 속에 등장했다.

X의 아버지가 가상으로 만든 별이었지만 심지어 지구에서 왔다고 주장하는 이들도 나타났다. 그들은 긴 세월 동안 냉동된 상태로 보존되어 있었고, Y별에서 깨어났다고 했다. 푸른 별 지구는 지금은 한 줌의 우주먼지에 불과하다고 했다. 적잖은 수의 헛소리꾼들이 푸른 별 지구에서 죽은 후 Y별의 인류로 환생했다고 주장했다. 그들은 X의 아버지가 말하지 않던 연결고리임을 자처하고 나선 것이었다.

X의 아버지는 혀를 끌끌 차며 아들에게 그런 존재들을 경멸한다고 말했다.

"그들은 내가 지구에 있을 거라고 추측한 사이비종교에 빠진 이들과 다름없단다. Y별의 고고학은 단순한 유희에 불과할 따름이지. 그 유희를 진실로 믿는 순간

별 볼 일 없는 존재가 되는 거란다."

하지만 X는 아버지의 서재에 있는 커다란 수첩을 몰래 훔쳐본 적이 있었다.

거기에는 지구의 형상과 기원, 역사에 대한 빽빽하고 백과사전적인 지식들이 모두 적혀 있었다. 그건 진정 지구에 미친 자가 아니면 할 수 없는 일이었다. 하지만 X는 아버지의 서재에서 지구의 비밀을 발견했다는 사실을 말하지 않았다. X는 시치미를 뚝 떼는 데 익숙했다. 어쩌면 날 때부터 왼쪽 엉덩이를 퍼렇게 만든 그 몽고반점 때문인지도 몰랐다.

"아버지, 몽고반점이란 말은 지구에서 온 말이 아닐까요?"

X의 얼굴이 여드름으로 덮이던 무렵 그는 아버지에게 그렇게 말했다.

"글쎄, 너는 왜 그리 생각하지?"

X는 대답하지 않고 속으로 생각했다.

'몽고가 지구에 있으니까.'

아버지의 책자에는 지구에 몽고라는 제국이 있었으며, 그곳의 황제가 한때 푸른 별의 절반가량을 지배했다는 기록이 적혀 있었다. 하지만 X의 아버지는 그 기록에 대해서는 방송에서 말하지 않았다.

"몽고반점은 그저 작은 불운에 불과하다. 그건 Y별의 많은 사람들이 타고나지 않은 것에 불과하니까."

멍든 별

고고학자는 지극히 이성적인 사람이었다. 대개의 고고학자들이 Y별의 고고학에 대해 망상할 때를 제외하고는 대부분 칼 같은 성격의 존재들인 것과 마찬가지로. 하지만 X는 그렇게 이성적인 사람은 아니었다.

　고고학자의 아들 X는 망상에 탐닉했다. 망상은 한가로운 오후 네 시의 치즈케이크처럼 달콤했다. 망상이 혈관 속의 알코올처럼 찰랑거릴 때, X의 성기는 단단해졌고 X는 어느새 낙타를 타고 사막 위를 달리고 있었다. 사막의 깊은 모래구덩이를 달콤한 술로 가득 채우고 벌거벗은 여인들과 뒹굴며 그녀들의 육체를 탐했다. 전투에 나가서는 거슬리는 잡초 같은 적들의 목을 베어 붉은 피로 사막의 모래를 적셔나갔다. 두 개의 상상은 X축과 Y축처럼 열정의 그래프를 그리며 그의 내면에서 요동쳤다.

　고고학자는 지구에 대해 끊임없이 몰두했지만 아들의 변화에 대해서는 알지 못했다. 10년 후 아들이 한 대도시에서 긴 칼을 들고 수많은 사람들 사이를 배회할 때조차 고고학자는 푸른 별 지구에 살고 있었다. 그의 세계는 온통 지구였던 것이다. 더구나 이미 그때는 X와 고고학자 아버지 사이에 깊은 골이 있었다. 고고학자는 옷을 입으면 눈에 보이지도 않는 몽고반점 때문에 늘 위축된 모습으로 골방에 숨은 아들을 꼴불견으로 여겼다. 지성이 아닌 소심함을 물려받은 아들 때문에 자존심이 상했다.

고고학자는 알지 못했다. X는 골방에 숨은 것이 아니었다. 그는 고고학자의 아들답게 타고난 몽상가였다. X의 내면에서부터 몽고제국의 독재자가 덩치를 불려 나갔다. 그렇게 지구의 독재자는 Y별로 돌아왔다. X가 긴 칼을 들고 대책 없이 대도시의 사람들을 찌르는 그 순간까지. 독재자에게 별의 시민들은 기분이 내키는 대로 베어도 의미 없는 한낱 잡초에 지나지 않았다.

명상에 잠겨 있던 고고학자는 영혼의 비밀에 대한 목소리를 들었다. 신의 목소리처럼 그의 귓가에 이런 말이 들려왔다.

'눈에 보이지 않는 영혼을 억지로 만들려 할 때, 그것은 결국 독극물과 다름없다.'

고고학자는 몇 시간 후 뉴스속보에서 경찰에게 붙잡힌 X를 보았다. X는 푸른 지구의 독재자처럼 큰 소리로 고함을 지르며 두 눈을 부라렸다. 고고학자는 누군가의 이름을 부르며 응접실에 주저앉았다. 그것은 그가 만들었던 푸른 별 지구에 존재하는 신의 이름, GOD였다.

몇 달 후 그는 케이블 채널의 심야프로그램이 아니라 뉴스프로그램에 등장했다. 퀭한 낯빛의 그에게 기자가 마이크를 들이대었다.

"푸른 별 지구에 대해 한번 말씀해 주시죠?"

기자가 멍청한 '기레기'인지, 눈치 없는 '푸른 별 오타쿠'인지 그것은 알 수 없었다. 어쩌면 둘 다일지도 몰랐다. 고고학자는 그 무렵 Y별과 지구 사이에 아무런 연결고리도 찾지 못했다. 대신 그 두 별이 어쩌면 하나일지도 모르겠다고 생각했다.

"지구는 멍든 별입니다. 그리고 내 아들이 바로 멍든 별에서 태어난 인류요. 지구의 멍을 이 조용한 별로 이주시킨 존재가 과연 나였던가에 대해서는 무어라 말을 못 하겠소."

3. 손가락에 감긴 머리카락

내게는 아프리카 중부에서 온 친구가 있다. 그는 해군에 입대해 하사관으로 제대한 이후로 계속 배를 타거나, 무역과 관련한 일을 하면서 살아왔다. 나는 무역에 큰 관심이 없기에 그가 무슨 일을 하는지 구체적으로 몰랐다. 하여간에 일 년 중 한국보다 해외에 있는 날이 더 많은 친구였다. 그런 까닭에 밤이 깊어지고 술자리가 깊어질 무렵 친구의 어깨에서 마늘 냄새보다 이국적인 향신료 냄새가 희미하게 풍기는 느낌이 들곤 했다.

친구는 삼 년 전부터 일 때문에 아프리카를 들락거렸다. 그는 이국적인 향신료 냄새만을 안고 한국으로 돌아온 것은 아니었다. 술자리에서 만날 때면 종종 검은 땅 사람들과의 이야기를 들려주었다. 진지하거나,

사업에 관련된 것은 아니고 시시한 농담 같은 거였다.

동양인을 처음 보니 어때? 라고 아프리카인들에게 묻자 진짜 깜짝 놀랐어, 세상에서 이렇게 못생긴 사람들이 있다니 같은.

내 친구와 더 가까워진 이후로 아프리카의 친구들은 술을 마시다 은근히 그의 옆에 다가오기도 했다. 그러고서 그들은 손가락을 그의 머리카락 속으로 집어넣어 검고 보드라운 몇 가닥을 돌돌 말았다.

"부럽다, 못생기고 눈 작은 동양인의 이 검은 머리카락만은."

남자건 여자건 상관없이 아프리카의 흑인들은 먼 나라에서 온 동양인 남자의 머리카락으로 장난을 쳤다. 친구는 처음엔 좀 불쾌하게 여겼지만 이내 아무렇지 않게 생각하게 되었다고 했다. 오히려 머리카락으로 이어진 친분 덕에 업무를 추진할 때도 어려움이 없다고 했다.

남자다운 성격과 어울리지 않는 것도 같지만 내 친구는 머릿결이 고왔다. 숱이 많고, 검었으며, 빛이 났다. 대학 시절 군에 입대하기 전까지는 어깨까지 머리카락을 늘어뜨리고 다녔다. 밤늦게 술을 마시고 집으로 가면 그의 뒤를 쫓아오는 중년의 취객이 있을 정도라고 했다. 친구의 머리카락은 지금은 나이가 들어 귀를 덮는 정도의 덥수룩한 길이였다. 세월이 흘러 윤기 나는 머리카락에도 힘이 빠졌다. 한국에 들어올 때만 머리를 자른다는 그는, 귀찮을 때는 한국에 들어와서도 머리를 자르지 않는다고 했다. 무역회사 사원보다는 자본의 맛을 보고 개량한 히피족 같은 모양새였지만 업무에 큰 지장은 없는 모양이었다.

"능력 때문에 자르는 세계지, 머리카락이 길이 때문에 자르는 세상은 아니니까."

그는 농담을 진지하게 했다.

그게 녀석이 종종 술자리에서 차가운 얼음처럼 느껴지는 이유이기도 했다. 모두가 으샤으샤, 할 때 그의 말 한마디면 그 술자리가 냉하게 가라앉았다. 그렇더라도 우리는 녀석을 싫어하지 않았다. 대부분 한국이란 좁은 땅덩이에 족쇄를 차고 있는 우리보다 세계 곳곳을 떠도는 녀석의 이야기가 은근히 즐거워서이기도 했다.

그렇게 몇몇 대학 동창들과 만나 수다를 떨다 자리가 파하면 우리는 짧게는 반년 길게는 몇 년 동안 연락이 끊겼다. 다들 대놓고 말하지 않았으나 무소식이 희소식이었다. 어쩌다 들려오는 소식이라고는 동창 부모의 죽음이거나, 동창의 이혼 같은 것들이 전부였다. 우리는 각자 배를 타고 떠도는 21세기의 뱃사공들이었다. 그리고 가끔 등대 불빛 같은 메시지로 서로의 안부를 들을 따름이었다.

그 무렵 나는 클레이 애니메이션을 제작하는 사업체와 함께 일을 도모하고 있었다. 제작팀과 우리가 만든 시나리오는 진흙 유령이었다. 보통의 유령은 눈에 보이지 않거나 흰 천 같은 것을 뒤집어쓰고 나타나기 마련이었다. 우리가 계획한 유령은 진흙을 뚝뚝 흘리며 돌아다녔다. 유년기의 아이들을 위한 유령이었다. 그 나이대의 애들은 똥이 나오는 동화나 이야기를 좋아했다. 똥을 떨어뜨리는 유령은 조금 역겨우니까 비슷한 질감의 진흙으로 만들어보자는 프로젝트였다.

교육용 유령은 갑자기 나타나 사방이 흰 공간을 돌아다니며 진흙을 푹푹 떨어뜨린다. 말이 진흙이지 물똥 같은 질감의 물큰한 액체로 알파벳을 쓰거나 한자를 쓰거나 했다. 우리가 추진하는 녀석은 일종의 교육용 유령인 셈이었다.

"천자문 똥을 너무 빨리 싸는 거 아닌가요? 속도를 좀 조절하는 게 어떨까요? 하늘 똥 땅 똥 정신없네요."

"아, 대표님 아직 결혼을 안 하셔서 그런가? 요즘 애들은 느리면 바로 집어던져요. 서너 살 때부터 엄마 아빠 스마트폰 가지고 게임하는 애들이라고요."

제작사 측 사람과 함께 천자문 진흙 똥을 싸는 유령을 모니터로 지켜보던 때였다.

휴대폰으로 문자 메시지가 들어왔다. 동창 중 한 명의 부모님이 돌아가셨다는 문자 메시지였다.

마침 애니메이션 제작사가 있는 곳에서 다리 하나만 건너가면 되는 곳이었다. 자정이 넘은 시간이었다. 어젯밤에는 이 시간에 과음했지만 오늘은 머릿속이 복잡하고 졸음이 왔다. 살짝 출출하기도 했다.

"오늘은 이만하고 전 상갓집으로 가볼까 합니다."

제작사 측 사람이 빤히 나를 바라보았다.

"청바지에, 후줄근한 반팔 티셔츠 하나만 덜렁 걸치고서요?"

고개를 돌려 창을 보았다. 검은 창에 희미하게 비친 내 몰골은 그리 상갓집에 어울리지는 않았다. 더구나 청바지는 무릎 위로 십 센티쯤 올라온 지점이 너덜너덜했다. 나는 손가락을 집어넣어 그 안의 맨살을 문질러봤다. 도미의 비늘 같은 감촉이었다.

나는 누군가 내 맨살을 얇게 저미는 상상을 잠시 했다. 아무런 고통도 없이 깊숙하게 살갗 안쪽으로 저며지는 느낌은 어떤 걸까?

"이거 좀 난감하긴 한데요."

나는 습관적으로 머리를 긁적였다.

제작사 측 사람이 의자에 걸쳐둔 검정 재킷을 집어 들더니 내게 건넸다. 무릎 바로 위까지 내려오는 재킷과 코트 그 어딘가 쯤에 걸쳐 있을 법한 상의였다.

"이거 입고 가세요. 단추 채우면 상의도 가리고 바지의 구멍도 가려줄 거 같으니까."

나는 좀 머쓱해서 주저하다가 검은 재킷을 받아들었다. 무엇보다 오늘 밤이 아니라 내일 그 상갓집에 찾아갈 것 같은 기분이 들지 않았다.

"그럼, 진흙 똥 싸는 속도는 오케이 하는 겁니다?"

내가 그 사무실을 나서기 전 제작사 측 사람이 팔을 들고 파이팅 자세를 취하며 그리 말했다. 나는 고개를 끄덕이고 사무실을 나왔다.

애매한 계절에 애매한 밤 날씨였다. 반팔을 입고 나왔다가 사뭇 오한 들기 쉬운 밤이었다. 하지만 나는 빌린 검정 옷을 입었고 왠지 밤길을 걷고 싶어졌다. 그런 버릇이 있었다. 겨드랑이가 거뭇거뭇해질 무렵부터 생긴 버릇인 것 같았다. 시간이 남는 날 버스를 버려두고 엉뚱한 골목으로 돌아 걷는다거나 하는.

나와 비슷한 취미를 가진 사람이 바로 내 친구였다. 그 역시 엉뚱하게 걸었다. 농사꾼의 막내아들로 태어나, 시를 쓰겠다고 문예창작학과에 입학했고, 해군에 입대한 이후 배를 타고 다니다가, 지금은 아프리카로 떠나 있었다. 나는 기껏해야 코트를 걸치고 춥지 않은 밤에만 걷는 정도였다. 그가 세계를 떠도는 유령이라면, 나는 도시를 배회하는 유령이었다. 일에 치이는 중년의 인간은 종종 자기도 모르게 유령이 될 때가 있었다.

나는 친구에게 카카오톡 메시지를 보내볼까, 하다가 그만두었다. 밤이 늦었다. 더구나 그가 아프리카 어디에 있고 이 도시와 시차가 얼마인지 도통 알 수 없었다. 대신 나는 그냥 걸었다. 어느덧 강을 가로지르는 다리에 도착했다. 걸어서 십여 분이면 강을 건너 저편으로 가기 충분했다. 만일 다리를 건너다 말고 걸음을 멈춰 검은 강과 희미한 연무를 바라보지 않는다면 말이다.

　자정이 훌쩍 넘었지만 소리를 최대한 높여 다리를 건너는 차들의 엔진 소리가 요란했다. 폭주족들이 굉음을 내며 오토바이를 타고 달리기도 했다. 그 다리 한 귀퉁이에 좁은 인도가 있었다. 사람 둘이 걸으면 어깨가 닿을 만한 폭이었다. 오토바이 엔진 소리가 요란한 와중에도 그 다리의 한 귀퉁이가 호젓하게 보였다.

　내가 가는 곳은 장례식장이었다. 사흘 안에만 가면 그곳은 어느 시간에 가도 상관없었다. 이미 이 세상 시간을 떠난 이를 기억하는 곳이기에 새벽에 가도 문이 열려 있는 장소였다.

　나는 강바람을 맞고 강 비린내를 맡으며 다리 위를 걸었다. 바람이 찼다. 밤의 안개에 휩싸인 강물이 먹먹했다. 저만치서 누군가 점점 커지는 먹물방울처럼 다가왔다. 그의 머리카락은 여전히 덥수룩했다. 나는 밤의 어둠 속에서도 그를 알아볼 수 있었다. 그리고 나는 재채기를 했다.

"벌써 갔다 오는 거야?"

언제 돌아왔느냐, 고 말문을 떼야 했던 것 아닐까?

그가 내 앞에 가까이 다가왔을 때 나는 오싹한 한기를 느꼈다. 그는 너무 젊어 보였다. 머리카락은 어깨까지 내려와 있었다. 대학 시절의 모습과 조금 다른 점이 있다면 얼굴이 너무 창백하다는 사실이었다. 면 반바지에 꾀죄죄한 회색 티셔츠를 입은 그는 내 곁을 훅 지나갔다.

나는 친구와 닮은 젊은 노숙인을 보았구나, 라고 생각했다. 케냐 어딘가에 있을 게 틀림없는 그가 지금 이곳에 있을 가능성은 거의 없었다. 부고를 확인하고 곧바로 달려올 수 있는 거리가 아니었다. 하지만 그의 몸에서 풍기는 체취는 특유의 이국적인 향신료 냄새가 짙게 배어 있었다. 그 냄새는 내가 다리를 건너기까지 코끝에 맴돌았다.

나는 그를 불러 세울까, 하다가 불길한 기분이 들었다. 어쩌면 나의 친구는 이미 오래전에 아프리카에서 강도의 습격을 받았는지 모른다. 그리고 나는 친구의 혼과 마주쳤는지도 모른다. 그런 오싹한 생각에 나는 서둘러 다리를 건넜다.

다리를 건너자 내 생각이 너무 바보스럽게 여겨졌다. 한밤의 다리가 다리 주제에 사람의 마음을 쥐고 흔드는 요물로 변하는 수도 있구나, 라는 생각마저 들었

박
생
강

다. 장례식장에서 만난 동창 누구도 친구가 왔다 갔다는 말은 하지 않았다. 호상의 밤이어서, 모두들 울적하지는 않았다. 그만큼 살면 인간에서 유령으로 돌아가도 되는 것이라고 눈치 없는 말은 아무도 하지 않았지만.

　나는 이상하게 장례식장의 풍경이 편치 않았다. 엷은 두통이 밀려왔다. 머릿속 대뇌가 진흙 유령으로 변해 내가 내딛는 걸음걸음마다 찍찍 똥을 싸고 다니는 기분이었다. 하지만 그날 밤 아무 일도 일어나지 않았다. 회사의 프로젝트인 진흙 똥 싸는 유령은 대박은 아니지만 먹고살 만큼은 팔렸다.

　그다음 해에 친구는 언제나 그렇듯 한국을 방문해 대학 동창들 몇몇을 불러 모았다. 자정 가까운 시간이 될 때쯤 친구가 소주잔을 젓가락으로 툭 쳤다. 맑은 소주에 둥그스름한 파문이 번져나갔다.

　"실은 말이야. 한 석 달 호되게 앓았어. 나이로비에 사는 거래처 녀석이 자기 할아버지가 특별한 재주가 있다는 거야. 영혼을 사막의 모래먼지처럼 만들어 고향으로 돌려보낼 줄 안다는 거야. 그리고 영혼의 신기루가 그곳을 떠돌다 추억을 담아 주인에게 돌아온다는 거지. 그러니까 내 영혼이 황사가 되어서 대서양과 실크로드를 건너 한국으로 온다는 건데, 내가 바보 같은 소리라고 비웃었더니, 언젠가 주말에 자기 집으로 가보자는 거야."

평소 귀신 따위 믿지 않는 친구는 그러마고 호언장담했다.

그 주 주말에 친구는 말도 통하지 않은 흑인 노인 앞에 쭈그리고 앉아 있어야 했다. 얼굴 곳곳에 코코아색 죽음꽃이 핀 노인은 친구의 머리카락 속으로 손을 집어넣었다. 그리고 정수리를 중심으로 그의 두피를 천천히 오래도록 문질렀다. 가끔은 그의 머리카락을 힘껏 움켜쥐었다. 친구가 알아들을 수 없는 주문 같은 것을 웅얼거리면서. 그때만 해도 친구는 자기 머리카락 속에 손가락을 집어넣어 돌돌 말던 다른 아프리카 친구들이 떠올라서 피식 웃음이 나왔다고 했다.

"코미디도 이런 코미디가 없구나 싶었어. 호기심 때문에 아프리카에서 이상한 노인에게 머리채를 잡힐 사람은 나밖에 없을 것 같더라고."

매캐한 향을 잔뜩 피워서인지 아니면 낯선 노인의 손길이 의외로 부드러워서인지 친구는 절로 눈이 감겼다. 진흙 속으로 온몸이 푹 잠기는 것 같은 졸음이었다.

"설명하긴 어려운데 나중에는 뭐랄까, 포대자루 안에 아주 작은 구멍이 뚫렸는데 그 사이로 스스스 모래가 빠져나가는 듯하더니 나중에는 내가 흐지부지해지는 느낌이 들대. 그 노인네가 내가 경험한 최고의 마사

지사였지 뭐야."

친구는 어느새 꿈을 꾸듯 앉은 채로 가수면 상태에 접어들었다. 그는 꿈속에서 한국으로 돌아와 있었고, 다리를 터벅터벅 건넜으며, 잠시 후 꿈에서 깨어났다. 흑인 노인은 모래처럼 날려 보낸 영혼이 다시 돌아올 때까지는 시간이 좀 걸릴 거라고 말을 했다.

"그런데 잠에서 깼는데 개운한 것이 아니라, 내 몸의 반쪽이 어딘가로 달아난 기분이더라고."

그 후로 몇 달을 친구는 몸살 같은 것을 달고 살았다. 기침이 나고 오한이 들어 이불을 두 겹으로 덮어야 했다. 그는 면도도 하지 못했다. 몇 달이나 거울 보는 일이 무서웠다고 했다. 거울 안에 있는 사람이 자꾸만 그를 바라보고 있었다. 마치 낯설고 초라한 사람을 손가락으로 가리키며 비웃는 불쾌한 타인 같은 모습으로.

지금은 거울도 보고 면도도 할 수 있다고 했다. 하지만 이상하게도 그 후로 종종 추위를 느낀다고 했다. 어쩌면 그때 빠져나간 영혼의 일부가 아직 돌아오지 않은 것 같다고도 했다. 더구나 그의 영혼을 잠시 날려 보낸 노인에게 묻지도 따질 수도 없었다. 그 노인은 내 친구에게 최면을 건 후 일주일 뒤 사망했으니 말이다.

친구는 내게 검지를 구부려 갈고리 모양으로 만들었다.

"가끔 생각해, 그날 딱 요만큼의 영혼이 내게 못 돌

아온 것 같아. 손가락 한 마디만큼. 그런데 그 때문에 내 어딘가가 영영 뻥 뚫려버린 거지."

친구는 물끄러미 술잔을 바라보았다.

"내 생각엔 그 노인이 내 영혼의 일부를 가져간 거야. 이승을 떠나기 전 마지막으로 신기한 머리카락을 지닌 동양인의 영혼을 기념품으로 간직하려던 거지."

손가락에 감긴 머리카락

4. 천국이란 이름의 편의점

남자는 인생의 말년을 후회했다. 그는 개미와 베짱이가 인생의 전반전과 후반전이라고 생각했다. 전반전은 월급쟁이 개미로 살았으니, 후반전은 베짱이가 될 생각이었다. 그의 가족 역시 남자의 결정을 말리지 않았다. 개미의 아내도 개미였고, 개미의 두 딸도 개미였다. 그들은 모두 성실했으나, 성실하지 않은 삶을 은근히 동경했다.

"이제 당신이 하고 싶은 대로 사세요. 클래식 기타라도 배워보면 어때요?"

정작 퇴직 이후 하고 싶은 것을 몰랐던 그에게 아내는 취미를 지정해주었다. 생각해 보면 그 또래의 사내들이 다들 취미로 기타를 배운다고 했던 것도 같았다. 하지만 그는 통기타 교습소에 다닌 지 사흘 만에 그만

두고 말았다.

아내에게 둘러댄 이유는 손가락이 아파서였다. 남자는 통기타 운지법 때문에 손가락 관절이 끊어질 것 같다고 툴툴거렸다. 하지만 진짜 이유는 그것이 아니었다. 남자가 기타 교습소 앞 편의점에 들어간 것이 문제였다. 출출해서 컵라면이나 하나 먹을 생각에 편의점에 들어갔던 남자는 눈이 번쩍 뜨였다. 편의점 안에는 손님들로 가득했다. 알바생은 무표정하게 리더기를 대며 계산을 했다.

'잠깐, 퇴직했으니 카운터는 내가 보면 그만 아닌가?'

남자는 퇴직금을 탈탈 털어 집에서 도보로 삼십 분 거리에 작은 편의점 하나를 냈다. 이제 막 새로운 아파트단지가 들어선 곳이라 유동인구는 많지 않지만 미래를 내다보고 내린 결정이었다. 아니, 그의 판단이라기보다 부동산 업자의 판단이 그러했다.

그 후로 남자는 삼 년밖에 살지 못했다. 일 년 내내 손님이 없어 혼자서 유통기한 지난 빵으로 끼니를 때우기 일쑤였다. 혼자서 등대지기처럼 편의점을 지키고 있자니 속이 썩어나갔다. 하지만 편의점의 매출이 안정적인 궤도에 오를 때까지 알바생을 써서 돈이 나가는 일만은 막고 싶었다.

삼 년 후, 그는 말기암 판정을 받고 병실에 누운 채

한숨을 내쉬었다. 삼 년간 누구도 그에게 개미처럼 살라고 말하지 않았다.

그를 위해 기도하러 와준 교회 사람들과 함께 남자는 기도했다. 교인들은 물론 그 자신조차 스스로가 천국에 갈 거라고 생각했다. 그는 자신을 갉아먹으며 살았을 뿐, 한번도 남의 것을 탐하지 않은 사람이었다.

"나 이제 천국에 가면 진짜 베짱이처럼 살 거라네."

남자는 그를 찾아온 친구에게 그리 말했다. 친구는 심각한 얼굴로 되물었다.

"자네 베짱이가 어떻게 생겼는지 아나?"

"뒷다리가 길고 가는 벌레지."

"그건 방아깨비 아닌가?"

"아니, 방아깨비보다는 더 큰 놈이라고."

"아니, 자네 여치를 본 게 아닌가?"

남자는 살면서 한번은 베짱이를 보았다고 생각했다. 하지만 직장 동료였던 깐깐한 친구의 말 때문에 판단이 흐려졌다. 어쩌면 그는 한번도 진짜 베짱이를 본 적이 없으면서 베짱이 타령을 했는지도 몰랐다. 그러자 눈앞에 있는 깡마른 체구의 배만 불룩한 늙은이의 모습에 화가 났다. 회사에서도 이기적이고 눈치도 없는데다가 밥버러지 같은 구석이 있어 모든 사람이 싫어하던 동료였다. 늘 타인에 대해 불만이 많았고, 회사 사람들의 말에 꼬투리를 잡는 고약한 취미가 있었다. 다른 사람은 대놓고 그 친구와 말 섞는 일을 피했다. 그는 유일하게 남아 있는 입사 동기여서 그냥 사람 대하듯 대해 왔다. 그 결과가 결국 죽어가는 사람 앞에서 방아깨비 타령이라니 어이가 없었다.

'빌어먹을 새끼, 칵 사흘 후에 죽어버리라지!'

그는 처음으로 누군가에게 앙심을 품은 저주를 내렸다. 군대에서 군홧발에 정강이가 채였을 때도, 직장 상사의 헛소리에 고개를 조아리면서도 그는 내내 방아깨비마냥 허리만 숙이던 사람이었다. 그런 그가 처음으로 절친한 타인에게 살의를 느꼈다. 아마도 생이 얼마 남지 않은 사람의 마지막 불씨 같은 분노였을 터였다.

다음 날 그는 세상을 떴고, 저승길의 긴 여행 끝에 천국에 도착했다. 저승과 천국 사이에 길이 있고 그 밑에 용암이 끓고 있는 지옥이 존재했다. 중간 중간 지옥으로 떨어지는 이들의 비명을 들었지만, 그는 두려움에 떨지 않았다. 그는 남을 위해 봉사한 적은 없지만 악한 짓도 하지 않았다. 심지어 길가에 가래침 뱉으려다 다시 목구멍으로 넘긴 적도 있었다. 남자는 당연히 자신이 천국에 들어갈 것이라고 생각했다. 하지만 천국 앞에 이른 남자는 금방 실망하고 말았다. 천국은 그에게 너무나 익숙한 장소였기 때문이었다.

"이건, 뭐 거대한 24시 편의점이구만."

그는 실망한 기색을 드러내지 않으려 애썼다.

남자가 천국이란 편의점 안으로 들어가려는데, 갑자기 빼액 소리가 났다. 큰 덩치에 검은 도포를 입은 사내가 그의 어깨를 잡았다. 도포자락 밖으로 드러난 두 팔은 용 문신이 휘어 감고 있었다. 아니, 문신이 아니었다. 그가 팔을 움직일 때마다 팔에 감긴 용이 스륵스륵 움직였다.

"어이, 형씨. 뭔가 수상한데?"

남자는 괜히 기가 죽어 입술만 오물거렸다.

"저는…… 한번도 남을 해코지한 적이 없습니다."

하지만 남자는 속으로는 '용팔이 같은 자식'이라고 생각했다.

용팔이는 남자의 입 모양을 삐죽삐죽 따라하면서 빈정거렸다.

"잠시, 기다려 보쇼. 가끔 오류가 나기도 하는 게 이승과 저승이니."

머리카락을 긁적이던 용팔이는 이내 검은 도포 안쪽에서 아이패드 닮은 기기를 꺼냈다. 한참을 훑어보던 그는 고개를 끄덕였다.

"아하, 누군가를 향해 저주를 퍼부었군."

"저는 결단코 그런 적이 없습니다."

"아니야, 병문안을 온 친구에게 저주를 쏟아냈어. 그

친구도 얼마 가지 않아 저승으로 떨어질 거야."

남자는 이상하게도 직장 동료에게 미안한 마음이 들지는 않았다. 더구나 그는 천국으로 오기 전에 지옥으로 떨어질 인간이었다. 남자는 그가 얼마나 뒷돈을 잘 챙기는지, 얼마나 뒷말로 남을 이죽거렸는지 옆에서 지켜봐 왔기 때문이었다. 그런 인간이 지옥으로 떨어지지 않는다면 세상은 정말 불공평한 것이었다.

남자는 억울했다. 그 직장 동료 탓에 결국 천국의 문 앞에서 지옥으로 되돌아가야 할 지경에 이르러서였다.

"전 여기서 끝입니까?"

용팔이가 남자의 어깨에 지그시 손을 얹었다.

"자네같이 애매모호한 선인을 위해서 주어진 일이 있다네."

용팔이의 두 팔에서 용이 스르르 풀려나왔다. 남자가 놀랄 틈도 없이 용은 그의 어깨를 깨물었다. 온몸이 불로 지져지는 고통에 남자는 비명을 질렀다.

"우선 약식으로 지옥의 고통을 체험하고…… 이런, 내 말을 듣기 전에 기절했네?"

눈을 떴을 때 남자는 어깨 부위에 용이 그려진 초록색 옷을 입고 있었다. 아니, 옷이 아니었다. 그것은 그의 맨살에 들러붙은 문신 같은 것이었다. 그는 그렇게 천국이란 편의점에서 알바생으로 살아야 했다.

"또 지겨운 편의점이로세."

그나마 좋은 점이라면, 죽기 직전 노인의 모습이 아닌 젊은 시절로 되돌아갔다는 사실이었다. 그는 한창 혈기왕성하던 이십대 초반의 모습으로 돌아갔다. 씩씩한 편의점 알바생이었다.

천국이란 편의점에 들어온 이들은 계속해서 무언가를 찾았다. 말이 편의점이지 천국이란 편의점은 오히려 쇼핑몰에 가까운 규모였다. 단 이승의 쇼핑몰처럼 외형상 거대한 건물은 아니었다. 크기는 평범한 편의점 규모였지만 막상 그 안에서는 걷고 걸어도 끝이 없었다. 천국의 사람들은 요양원의 노인들처럼 그 편의점 안을 느릿느릿 걸어 다녔다. 알바생은 그들이 원하는 물건을 찾기 위해 재빠르게 돌아다녀야 했다. 더구나 천국의 손님들 앞에서는 자연스레 허리를 굽실거렸다. 뭐 천국의 방아깨비가 따로 없는 삶이었다.

어느 날 알바생은 용팔이에게 물었다.

"저 사람들은 정말 눈곱만큼도 죄가 없습니까?"

"뭐, 우선 열 살 이전에 벌인 나쁜 짓은 웬만하면 용서해준다네."

"왜요?"

"그때까지 인간은 뭐가 좋고 나쁜지 똥, 오줌 못 가리는 시기니까."

"그 이후로 저 사람들은 정말 부끄러운 짓은 요만큼

도 안 하고 살았습니까?"

"오히려 자잘한 일탈은 했는데, 큰 일탈은 안 한 사람들이 주로 천국에 오는 것 같더군."

"저 같은 경우는 너무 억울한 케이스 아닙니까?"

"자네가 저주를 내린 사람이 사흘 만에 교통사고 당한 거 아냐? 저주의 에네르기파가 너무 강렬했다네."

그 끝이 없는 공간에서 천국의 사람들에게 원하는 물건을 찾아주는 것이 알바생의 일이었다.

천국이란 편의점은 지상의 편의점과 똑같았다. 삼각김밥이나 음료수, 과자, 맥주, 소주, 전부 구비되었다. 콘돔이나 양말, 생리대까지 일반적인 편의점에 있을 만한 것은 다 있었다. 천국의 사람들에게는 그 물건들을 모두 구입할 수 있는 카드가 주어졌다. 천국의 알바생들은 그 물건을 찾아주고 리더기로 찍는 일을 도맡았다.

처음에 알바생은 도대체 저 물건을 어디다 쓰는지 이해할 수 없었다. 그도 그럴 것이 천국의 편의점에 있는 물건들은 사실 실물이 아니라 시뮬레이션에 가까웠다. 콘돔을 살 수는 있다. 하지만 그것을 손에 쥘 수는 없다. 콘돔 바코드에 리더기를 가까이 대고 찍으면 천국의 사람들이 손에 쥔 카드에서 '삐릭' 하고 작은 소리가 들렸다. 그걸로 끝이었다. 그게 뭐가 만족스러운 삶인지, 천국이란 편의점의 알바생은 이해할 수 없었다.

알바생의 의문은 천국이란 편의점 앞 파라솔 라운지를 보고 해결되었다. 천국의 파라솔 라운지는 끝이 없었다. 파라솔 의자에 앉은 천국의 사람들은 그들이 소유한 카드를 허벅지에 대고 지그시 눌렀다. 그러고서 눈을 감았다.

　　알바생은 곧바로 천국이란 편의점을 지키는 용팔이에게 가서 도대체 왜들 저러는 건지 물었다.

　　"물건을 구입한 카드를 허벅지에 대면 곧바로 추억에 잠길 수 있네. 새우깡을 대면 새우깡에 대한 생전의 즐거운 기억으로 빨려들지. 콘돔을 대면 콘돔에 대한 생전의 즐거운 기억으로 가고. 결국 이곳 천국은 살아 있던 시절에 대한 추억으로 겨우 유지되는 곳이라네."

　　파라솔 라운지는 끝이 없이 넓었다. 이쪽에서 저쪽 끝까지 알록달록한 파라솔로 가득했다. 그 파라솔 너머에 알바생이 일하는 곳과 다른 천국이라는 이름의 편의점들이 또 존재했다. 그곳 편의점에서도 알바생처럼 억울한 이유로 천국의 시민이 되지 못한 누군가가 알바생으로 살아갈 터였다.

　　알바생은 좀 쓸쓸했다. 그는 만약 천국이 있다면 이승에서는 느낄 수 없는 짜릿한 행복이 있는 곳이라고 믿었다. 아마 성실히 일하기는 했으나 너무 팍팍하게 살아와서 그랬을 수도 있었다. 그런데 고작해야 행복했던 시절의 추억을 곱씹으며 살아가는 곳이라니 실망이 이만저만이 아니었다.

그럼에도 알바생은 궁금했다.

'과연 어떤 추억이 나한테 행복이었을까?'

마침 다음 날 용팔이가 알바생을 불렀다. 그에게 카드 한 장을 건네주며 지그시 어깨를 눌렀다.

"알바생, 그동안 고생 많았으니 오늘은 한번 천국을 체험해 보라고. 일회용 카드니까 한번밖에 사용할 수 없네."

알바생은 두 시간의 휴식 시간 동안 카드를 사용해 보기로 결정했다. 그런데 편의점을 아무리 돌아봐도 특별한 행복이 느껴지는 물건은 없었다. 그가 카드를 쥐고 있자 용팔이가 그의 관자놀이를 툭툭 쳤다.

"명심할 게 있네. 역치가 가장 강한 감정이 추억으로 남는다네."

"역치요?"

"예를 들어 삼각김밥을 먹고 배불렀을 때와 식중독에 걸렸을 때 중 어느 순간이 더 강렬하게 기억에 남겠나?"

"아마도 식중독?"

"그렇지. 그런 경우에는 카드를 허벅지에 대면 물똥을 지릭지릭 싸는 고통과 그 느낌만 체험한다네."

알바생은 카드를 쥐고 가도 가도 끝없이 넓어지는 편의점을 걸어 다녔다.

컵라면, 내가 편의점에서 그것만 먹지 않았어도 몇 년은 더 살았을 것을. 콘돔, 이십대 초반 그것을 끼우기 전에 찍, 해버린 트라우마가 너무 강했다. 삼십대 중반 그것을 끼우려다 풀이 죽어버린 트라우마도 만만치 않았다. 삼각김밥, 식중독에 걸린 적이 있다. 황사마스크, 써도 안 써도 찝찝. 짱구, 자식들이 좋아하던 과자였다.

그는 문득 두 딸이 그리워졌다. 알바생은 과자 매대로 가서 짱구를 구입했다. 손에 쥔 카드에 '짱구'가 삐릭 충전되는 소리가 들렸다. 그 순간 남자는 천국이라는 편의점의 알바생이 아닌, 천국의 사람들이 된 것 같아 으쓱해졌다. 남자는 파라솔 라운지에 앉아 카드를 천천히 허벅지에 대었다. 혈관을 타고 나른한 기분이 스미는 것 같더니 어느새 최면 상태에 빠져들었다.

짱구 봉지를 들고 있는 것은 두 딸이 아니었다. 콧물을 질질 흘리는 작은 아이였다. 알바생은 그 아이가 누구인지 알 수 없었다. 하지만 호주머니에 손을 넣고 아이 뒤를 따라가는 소년이 누구인지 남자는 잘 알았다. 소년은 아이의 뒤통수를 치고 과자 봉지를 빼앗았다. 소년은 반 정도 남은 달콤한 과자를 한 주먹 쥐어 입에 넣고 와작, 씹었다. 그때 먹은 과자가 가장 달콤하고 맛있었다.

그 순간 천국이란 편의점의 알바생은 쾌감 속에 깨

달았다. 그가 살아왔던 이승의 생이 선한 삶이 아니라 성실한 알바의 생에 불과했다는 사실을. 꼬마의 과자를 빼앗아 먹던 찰나의 짜릿짜릿함이 알바 인생의 영혼을 잠시나마 훌훌 훑고 지나갔다.

5. 소설가가 꾸는 꿈

 소설가의 로망 중 하나는 누군가 대신 소설을 써주는 순간이 오는 것이다. 나는 그냥 소파에 앉아 있고 자연스럽게 이야기와 문장들이 구슬구슬 흘러나와 써진다면 얼마나 편리할까? 내 손가락 끝에서 마르지 않는 만년필의 샘처럼 발상의 잉크가 쏟아진다면 얼마나 좋을까?

 안타깝게도 그런 일은 불가능하다. 우발적 살인은 존재해도 우발적 소설은 존재하지 않으며, 우발적으로 쓴들 대부분이 나중에는 휴지통으로 들어가기 마련이다.

 나를 비롯한 몇몇 소설가들은 꿈의 힘을 빌려보려고도 한다. 실제로 소설가들 몇몇은 꿈속에서 감탄사를 연발한다고 한다. 어떤 소설가는 꿈에서 깬 뒤에 재빠르게 메모를 해보았던 적도 있다고 했다.

'이거 그대로 옮기기만 해도 죽여주겠다!'

안타깝게도 소설이란 상상력의 산물이지만, 논리의 뼈대가 존재하지 아니하면 아무 의미가 없다. 허나 꿈속의 나는 아무런 논리적 근거 없이 변신에 변신을 거듭한다. 실제로 나도 꿈에서 몇 번이나 강아지로 변한 적이 있다. 꿈속에서는 딱히 그 일이 황당하다고 생각되지 않았다. 내 앞발은 사람 손이고, 내 뒷발도 사람 다리인 뒷다리인데 어쨌든 나는 강아지였다. 심지어 내게는 주인까지 있었다. 주인은 내게 목줄을 채우려 천천히 다가왔다. 나는 인간의 형상을 한 '인견'이기에 꼬리는 없었지만 그 순간 반가움에 꼬리를 흔드는 감각을 체험했다.

꿈에서는 아무런 문제없는 현실이었지만 그 현실을 고스란히 소설로 옮기기는 힘든 법이었다. 어느 날 눈을 뜬 뒤로 그는 푸들이었다, 라고 쓴들 꿈속의 그 자연스러움을 그대로 묘사하기란 쉽지 않았다. 그뿐만 아니라 프란츠 카프카의 아류라고 비웃음을 살 수도 있었다. 벌레나 개나 매한가지 말 못 하는 짐승이었다. 더구나 꿈속에서 개가 되었던 내게는 대사가 없었다.

"멍, 멍, 멍멍."

나는 그렇게 짖다가 깨어났다.

내가 아는 소설가 선배는 꿈속에서 자신이 선망하

는 걸그룹의 멤버와 결혼하는 꿈을 꾸고 행복했다고 털어놓기도 했다. 그전에 자신의 지명도에 비해 소설이 얼마나 안 팔리는지 한탄할 때와는 전혀 다른 표정과 눈빛이었다. 그는 손에 쥔 양주잔 안에서 찰랑이는 고급스러운 빛깔의 술만큼이나 행복해 보였다. 하지만 그 선배는 그 이후에 걸그룹 멤버와 결혼하는 소설가의 이야기를 쓰지는 않았다.

술을 좋아하는 또 다른 선배 중 한 사람은 꿈과 현실, 소설 속 상황이 헷갈릴 때가 있다고 했다.

"내가 어떤 소설을 썼어. 그런데 나중에 그게 내 꿈에 등장해."

"소설로 썼던 상황이 꿈속에서 그대로 펼쳐진다는 거죠?"

"아니, 꿈에서는 몰라. 꿈에서는 그게 그냥 현실처럼 여겨져. 별다른 것도 아니야, 그냥 욕실 변기에 앉아 있는 거, 지하철역에서 어슬렁거리는 거, 그런 장면이야."

"원래 형이 그런 장면들 길게 잘 쓰시잖아요."

나는 쓸데없이, 라는 말을 생략했다.

"응, 그런데 안타깝게도 낯선 여인과 사랑에 빠지는 장면은 꿈에 등장하지 않지. 하여튼 꿈에서는 그게 현실인데. 깬 다음에 그게 내가 소설로 묘사했던 어떤 장면하고 너무 비슷하게 여겨지는 거야."

그 말을 할 때 선배와 나는 어느 문단의 술자리가 끝

나고 우연찮게 둘이서 홍대의 뒷거리를 걷고 있었다. 예전에는 멀리에서 외국인들이 킬킬대고 떠드는 소리가 들리곤 하던 곳이었다. 하지만 지금은 대학생쯤으로 보이는 이십대 초반의 남녀들이 우르르 몰려다녔다.

"가끔, 이렇게 보면 쟤네들 벌레 같지 않냐?"

나는 선배가 그리 말한 이유를 알 것도 같고 모를 것도 같았다.

꿈속에서 벌레란 유달리 두려운 존재다. 현실에서 나는 바퀴벌레가 나타나면 단숨에 슬리퍼로 내리칠 수 있다, 라고 말하지만 실은 도망갈 때가 훨씬 많다. 더 끔찍한 것은 꿈속에서 바퀴벌레가 내 앞으로 우르르 몰려오면 대부분 도망치지 못한다는 것이다. 나는 그 자리에 멈춰 서서 비명을 지르지도 못하고 헉헉거릴 따름이다. 더구나 벌레는 종종 모습을 바꾸며 나타났다. 빈 그릇에 시리얼을 부었더니 그 순간 바퀴벌레가 우르르 쏟아지거나.

사실 바퀴벌레보다 무서운 것이 장수말벌이다. 나는 말벌에 쏘인 적은 없지만 말벌에 대한 공포증 같은 게 있다. 집 안에 몰래 말벌이 숨어든 적이 있었는데 녀석이 날아다니는 소리가 마치 B-612폭격기 같았다. 게다가 계속해서 살충제를 뿌리는데도 녀석은 내 앞까지 날아오다가 겨우 고꾸라져 버렸다. 당연한 일이지만 꿈에서 말벌이 폭격기 소리를 내며 등장할 때 내 옆에 살충제는 없다. 말벌이 내 코앞까지 오는데도 어쩔 수가 없는 것이다. 무섭지는 않지만 징그러운 벌레가 나타나는 경우도 있다. 눈에 보이지 않는데 자꾸만 여러 마리의 구더기가 내 입천장과 잇몸 사이를 지나는 것 같아 자꾸 손가락으로 이를 쑤시는 꿈의 경우가 그렇다.

하여간에 한 달 후 나는 계간지에 발표된 그 선배의 소설을 읽었다. 구더기와 연애하는 외로운 중년 남자의 이야기였다. 남자는 자신의 허름한 오피스텔의 싱크대 배수구에서 구더기 한 마리를 발견한다. 구더기는 특이하게도 허연 것이 아니라 희미한 복숭앗빛이 감도는 색이었다. 남자는 살충제를 뿌리려다 조심스레 족집게로 구더기를 집은 후에 깨끗이 세척한 작은 재떨이 위에 올려두었다. 그곳에서 남자는 구더기를 키우다가, 구더기와 사랑에 빠진다. 안타깝게도 그 남자의 사랑은 길지 않아 더욱 서글펐다. 구더기는 열흘 안에 단단한 번데기 속으로 숨어버리는 우렁각시 같은 존재였다.

나는 소설을 읽으면서 내내 그 선배의 꿈에 대해 생각했다. 꿈속에서는 사람과 사랑에 빠지지 않는다는 선배는 꿈속에서나마 구더기와 행복한 나날을 보내고 있을까?

사실 나는 악몽을 자주 꾸는 편은 아니다. 다만 인

상적인 한 통의 편지나 첨부파일처럼 파고드는 꿈을 꿀 때가 있다. 그럴 때면 귓가에서 지잉, 하는 기계음이 들리고 정수리에 있는 혈이 단번에 뚫리는 기분이 든다. 그리고 그 꿈은 이내 현실의 무언가를 암시한다.

나는 예지몽에 대해 직접 소설로 쓴 적은 없다. 허나 고백하자면 예지몽을 꾸는 소설가인 셈이다.

그게 자랑은 아니다. 오히려 좀 안타까운 일이었다. 많은 영화시나리오 작가들이나 만화가들, 드라마 작가들이 예지몽을 소재로 다룬다. 하지만 그것은 극적인 재미를 주기 위한 낡은 트릭으로 쓰이는 일이 태반이었다. 아니, 트릭이라 칭하기도 잔망스럽고 그냥 양념 정도다. 나 역시 그렇게 생각했다. 더구나 나는 국정원에 소속돼 김정은의 앞날을 보는 초능력자가 아니라 그냥 평범한 작가였다.

허나 꼭 그런 이유만으로 내 소설에 예지몽 체험을 쓰지 않는 것은 아니었다. 나의 예지몽은 국가적인 재난을 예지하거나, 운명적인 사랑을 미리 보여주는 종류의 것이 아니었다. 나의 예지몽들은 좀 구차하고 사소했다.

휴대폰이 망가지는 꿈을 꾼다. 다음 날 휴대폰을 잃어버리지는 않지만 중요한 순간에 배터리가 나간다. 그것이 암시적인 꿈이라면 휴대폰의 가격에 버금가는 소중한 것을 망가뜨리거나 잃어버린다. 꿈의 장면이 암시

이건, 예지이건, 다음 날 어떤 결과가 드러나지만 그게 그렇게 거대한 것들은 아니었다.

심지어 꿈의 내용은 어마어마한데 정작 그 결과는 소소한 경우도 왕왕 있다. 꿈속에서 나는 서류를 잘못 기입해 사형장에 끌려가는 꿈을 꾸었다. 억울하기 짝이 없었지만 숨이 턱턱 막히고 오금이 저리는 기분이 생생했다.

다음 날 나는 기차를 타고 지방으로 취재를 갈 일이 있었다. 기차표는 전날 미리 예매해둔 상태였다. 나는 기차역에 도착하고 나서야 깨달았다. 나는 어리석게도 바로 예매했던 전날의 날짜로 기차표를 예매해 놓은 것이었다. 당연히 기차는 이미 전날 같은 시간에 떠났기에 환불조차 받지 못했다. 그 순간 오만 원 안팎의 돈이었지만 정말 숨이 턱턱 막히고 오금이 저렸다.

그래도 가끔 예지몽이 쓸 만하다 느끼는 것이 예지의 폭이 좀 넓어지기도 한다. 가족이 아프거나, 친구에게 일어날 일이 미리 꿈속에 등장하기도 했다. 친한 대학 동창이 서울 생활을 정리하고 통영으로 내려가기로 결정했던 때의 일이었다. 친구를 만나기 전날 꿈속에서 친구가 경상도 어딘가로 떠난다고 말했다. 나는 뜬금없이 무슨 경상도, 라고 생각했는데 그날 만난 친구가 와이프와 통영으로 이사를 가게 되었다고 말했다.

또 예전에 나는 일 년 정도 멤버십 피트니스 사우나의 사우나 매니저로 일했다. 심지어 당시 경험을 『우리 사우나는 JTBC 안 봐요』라는 장편소설로 써서 대략 5천 부가량 팔아먹기도 했다. 그때도 두 번의 예지몽을 꾸었다. 한번은 팀장이 쉬던 날 팀장이 끙끙거리며 앓는 꿈을 꾸었다. 다음 날 출근한 팀장에게 슬그머니 물었다.

"혹시, 팀장님 어제 괜찮으셨어요?"

"아니, 왜요?"

"팀장님이 꿈에서 앓고 계셨어요."

팀장은 잠시 말을 잃었다. 그러더니 어제 조기야구 동호회 경기에서 너무 무리를 했다가 발목을 접질리는 바람에 하루 종일 누워 있었다고 자백했다. 그러면서 뭔가 내가 꾸는 예지몽으로 대박 사업화를 해볼 수는 없는지 타진해 보기까지 했다. 하지만 우리는 결국 각자의 세탁물을 수거하고, 파우더룸의 머리카락이나 주우러 돌아갔다.

그 시절 두 번째 예지몽은 새벽에 꿈을 꿨는데 내가 일하는 남자 사우나의 풍경이 나타났다. 무슨 일인지 로커룸에 물이 가득했고 익사 직전의 손님들이 고래고래 소리를 지르며 로커룸 주위를 돌아다녔다. 출근해 보니 전자키 설정에 문제가 생겨 그날 새벽에 온 손님들이 로커룸에서 돌아다니며 소리를 지르고 난리가 났다고 했다.

이처럼 더없이 하찮은 예지몽은 예지의 기능은 있지만 변화의 능력이 없다. 그 꿈을 꾼다고 한들 일어날 일이 달라지지는 않는다. 영양가 없는 예지몽인 셈이다. 작년에 하늘에 새카만 번개 모양의 구름이 일어나는 걸 꿈에 보았다. 그 구름이 너무 기분 나빠 도망쳤지만 발이 잘 떨어지지 않았다. 일주일 뒤 나는 동빙고 스타벅스에서 커피를 주문하고 매장 외부에 있는 화장실에 들렀다 나오다가 발을 다쳤다. 화장실 밖으로 나오는데 누군가 발목을 칼로 그은 듯이 아팠다. 주저앉아 돌아보니 화장실 자동문이 닫히면서 아래쪽 날카로운 모서리 부분에 내 발목이 긁힌 것이었다. 서둘러 신발과 양말을 벗어보니 길게 그어진 상처에서 피가 서서히 붉게 배어나오기 시작했다. 그 상처의 모양새가 딱 꿈에서 본 기분 나쁜 구름 모양이었다.

결국 내 예지몽은 내 일상의 앞날을 비춰줄 뿐 소설화시킬 만한 사건을 담고 있지는 않다. 플롯과 환상이 없는 하늘에서 내려준 '내일뉴스' 저널리즘적인 예지몽인 것이다. 그러니 나는 앞으로도 소설 속에 예지몽을 등장시키지는 않을 생각이다.

물론 예지몽은 작가로 살아가는 내 일상에 몇몇 일들을 예지하기도 한다. 언젠가 대학에서 소설 창작과 관련해서 강의를 하고 있는데 갑자기 강의실로 특전사

부대가 쳐들어와서 내게 총을 겨누었다. 물론 꿈. 다음 날 나는 국방부에서 제법 원고료가 쏠쏠한 원고청탁을 받았다.

그리고 놀랍게도 작가 생활 십 년 차가 넘자 청탁받은 원고에 대한 출판사의 반응을 예지몽으로 미리 볼 때도 있다. 청탁이 온 잡지에 소설을 보낸 후 얼마 지나지 않아 반드시 그날이 찾아온다. 자다가 문득 귀에서 기계음이 울리고 정수리에 불이 붙는 듯한 느낌이 든다.

어느덧 꿈속의 장면은 출판사 회의실 같은 곳으로 바뀌어 있다. 그곳에서 평론가들 혹은 편집자들은 혀를 끌끌 차며 이 원고의 단점에 대해 빈정거린다. 가끔은 이건 이렇게 고치는 게 좋았을 거라고 훈수를 두기도 한다. 그들은 마치 소설가들이 그 자리에 없는 것처럼(당연히 그 자리에 없지만) 꿈의 대화에서 나의 작품을 벌거벗긴다.

투고한 원고의 경우 암시의 내용은 더욱 강렬하고 직접적이다. 원고를 버릴지 말지 결정하는 인물들의 감정 상태가 그대로 꿈을 타고 전해지기 때문이다. 짧은 순간이지만 심장이 타버릴 만큼 두렵다. 내 인생 전체가 쓰레기통에 버려지는 듯한 수치심을 느낄 때도 있다. 누구나 알다시피 꿈에서는 자연스럽게 1인 2역이 가능하다. 그리고 그 순간 소설은 바로 나다.

6. 에일리언의 청소부

　나는 하루 세 번 양치 도우미 아르바이트를 위해 인천공항으로 출근했다. 처음 이 아르바이트를 구했을 때 꽤 조건이 까다로웠다. 모든 것이 철저히 보안이었다. 침묵, 침묵, 침묵. 이 일을 위해 오직 침묵만을 강요받았다. 하지만 처음 복도를 따라 걸을 때 불쾌하기보다 오히려 흥미진진했다. 복도의 폭이 내가 머무는 여성용 고시원의 방 폭보다 넓어서였는지도 모르겠다. 어깨가 넓은 군인을 따라 인천 제2공항에 숨겨진 지하 벙커로 들어갈 때 그 떨림은 최고에 이르렀다. 그리고 나는 그 거대한 벙커에서 그것과 마주했다. 외계생물, 하지만 미국을 필두로 선진국으로 인정받은 국가에는 하나씩 남몰래 양육하는 것 바로 모두에게 익숙하지만 실물로 만날 일은 없는 에일리언이었다.

나는 에일리언의 치아를 닦기 위해 인천공항으로 출근했다. 에일리언의 앞니는 평범한 욕실 거울보다 두 배쯤 크다. 거기에 누런 얼룩 같은 치석이 끼어 있었다. 처음 한 달 동안은 그 치석의 냄새만 생각해도 속이 울렁거렸다. 술집이 즐비한 번화가 뒷골목에서 풍기는 시큼한 토사물 냄새와 똑같았기 때문이었다.

물론 지금은 이 일에 익숙해졌다. 인천공항에 도착해 모노레일을 타고 종점을 지나 또 하나의 역에 내렸다. 이어 나만을 위해, 아니 에일리언의 건강을 위해 마련한 탈의실에서 전신소독을 한 이후 작업복을 입고 머릿수건을 썼다. 보안카드가 있기 때문에 군이 보안부대 사령관과 동행할 필요는 없었다. 대신 탈의실에 설치한 화상 인터폰을 통해 보안부대 사령관과 통화했다. 사령관은 내게 소독을 철저히 했는지에 대해서만 묻는 게 전부였다. 화농성 피부나 다크서클, 헤르페스로 부르튼 입술에 대해 말한 적은 한번도 없었다.

어쩌다 가끔 내 머리 상태에 대해 지적할 때는 있었다.

"머리를 단발로 자를 수는 없나. 머릿수건 밖으로 빠져나온 머리카락이 지저분해 보이는군."

"차라리 군인을 쓰시지 그래요?"

일에 익숙해진 나는 사령관에게 퉁명스레 묻기도 했

다.

"사내들은 본능적으로 녀석과 싸우려 든단 말이지."

"여군도 있잖아요."

"군인들은 모두 나라를 위해 싸워야 하지."

나는 사령관에게 들리지 않게 입안에서 '머저리'라고 웅얼거리곤 했다.

보고가 끝나면 나는 10분 거리에 있는 대형 격납고로 향했다. 보안카드를 대고 격납고 안으로 들어서면 보잉747이 아니라 커다란 괴물이 나를 바라보았다. 맨 처음 사령관을 따라 이곳에 왔을 때는 거대한 에일리언의 모습에 압도당했다. 포클레인 크기의 바퀴벌레가 내 앞에서 뚝뚝 체액을 흘리고 있었으니까. 그 체액에서는 시큼한 냄새가 났는데, 나는 이것에 파인애플 토사물 냄새라고 명칭을 붙였다. 진짜 파인애플 향이 나서가 아니라 그렇게라도 생각해야 조금 나을 것 같아서였다.

물론 에일리언은 어차피 처음부터 내게 낯선 존재는 아니었다. 나는 에일리언을 극장에서 본 세대는 아니었다. 내가 에일리언에 빠져들거나 환호하는 마니아도 아니었다. 다만 나는 나와 연관된 에일리언의 역사는 귀에 인이 박히게 들었다. 엄마와 아빠는 대한극장에서 데이빗 핀처의 <에이리언 3>을 보며 처음으로 손

을 잡았다. 거대한 괴물이 인간을 아작 씹어 먹을 때 어
떤 젊은 연인들은 컴컴한 어둠 속에서 손을 포개며 체
온과 사랑의 감각을 공유했던 것이다. 하지만 보안, 보
안, 보안 때문에 나는 부모에게도 에일리언에 대해 말
할 수가 없다.

"엄마, 아빠 실은 있잖아. 내가 공항 지하 벙커에서
에일리언의 이를 닦는 청소부 일을 맡았거든"

이 말이 목구멍으로 스멀스멀 올라올 때마다 나는
꼴깍꼴깍 침만 삼켜야 했다. 그 외에도 나는 부모에게
숨기는 것이 많았다. 나의 사랑, 나의 두려움, 그리고 깊
은 밤 그들에 대해 불쑥 치솟는 원망까지. 그런 밤의 고
민들에서는 시큼한 냄새가 물씬 나는 것만 같았다.

나는 지하 벙커에 사는 에일리언의 치아를 닦는 청
소부였고 인천공항으로 출근했다. 그리고 나는 반지하
방에서 살던 룸메이트와 헤어지고 여성 전용 고시원
에 들어온 지 반년이었다. 이곳에서의 삶에 대해 나는
적고 싶거나 쓰고 싶지 않다. 다만 좁은 방 안이 좁게
느껴지지 않는 것은 이곳이 끝이 아니라고 생각하기
때문이었다. 나는 이불 속에 작은 몸을 웅크리고 들어
가 밤마다 기도했다. 이곳은 이 삶의 얼룩을 지우고 다
시 태어날 수 있는 인생의 벙커라고. 겨울이 지나고 봄
이 오면 이곳의 문을 열고 나가 다시 이곳으로 돌아오

지 않기를. 어둠 속에 웅크리고 앉아 있으면 방문 밖에서 누군가의 비명이 들려왔다. 그 비명은 이곳을 떠나도 기억에 남을 것 같았다. 가끔 화장실이나 공동주방에서 바퀴벌레가 나올 때마다 들리는 소리였다.

나는 아직 내 인생의 얼룩인 20대 후반을 지우지는 못했다. 대신 출근과 퇴근 전에 커다란 양동이와 솔을 들고 지하 벙커에 들어갔다. 양동이 안에는 은은한 허브 향이 감도는 세제가 담겨 있었다. 에일리언은 외계의 생명체라 지구의 화약약품에 민감하다. 그 때문에 에일리언의 양치를 위해서는 독한 세제가 아니라 유기농 팜 오일 성분에 각종 허브가 들어간 특별한 세제를 쓴다고 했다.

나는 세제액에 솔이 담긴 양동이를 오른손으로 들고 난간 없는 사다리에 올랐다. 뒤뚱뒤뚱 걷는 내 걸음에 따라 양동이에 담긴 세제액이 출렁였다. 그때마다 은은한 허브 향이 나를 감싸고 벙커로 퍼져나갔다. 하지만 그 향에 취하는 대신 나는 왼손으로 허공의 난간을 붙잡았다. 그렇게라도 하지 않으면 금방이라도 아래로 추락할 것 같아서였다. "난간을 만들어줄 수 없나요?" 내가 군인들에게 한 부탁은 그것 하나였지만 그들은 내 부탁을 들어주지 않았다. 다만 그들은 퉁명스럽게 되물었다. "너는 왜 그렇게 쌀쌀맞게 말하지?"

사다리의 끝에 오를 때쯤엔 허브 향보다 토사물 냄

새가 진동했다. 그때는 숨을 흡, 참으면서도 중심을 잃지 않도록 주의했다. 내가 사다리에서 떨어지면 일주일치 일당과 맞먹는 세제액이 그대로 쏟아진다. 그리고 내가 목뼈가 부러지면, 아니 다리만 부러져도, 아니 손목에 금이 가도 삶은 내게 더욱 불리해질 것이 틀림없었다.

"안녕, 바퀴마마."

나는 에일리언의 별명을 불렀다. 보잉747이 들어갈 만한 지하 벙커에 나와 에일리언 단둘이었다. 사령관은 그녀를 녀석, 괴물, 짐짝 따위로 불렀지만 내게 그녀는 바퀴마마였다.

쉭, 쉬익, 쉬익.

에일리언은 기분 나쁜 소리를 내며 입을 벌렸다.

나는 에일리언의 어금니 깊숙이 머리를 들이밀고 솔로 음식 찌꺼기를 닦아내는 청소부여서 에일리언의 비밀에 대해서도 어느 정도 알게 되었다. 어느덧 시간이 흐르면서 사령관은 화상통화를 하며 왜 에일리언이 인천공항의 격납고에 갇혀 있는지를 들려주었다.

"왜 내게 그런 것들을 말하죠?"

"네가 중요한 임무를 맡고 있다는 걸 알아야 하기 때문이지."

그런가? 내게 이 일은 그저 보수가 조금 나은 아르바

이트일 따름이었다.

　하여간에 현실세계의 그들은 SF영화에 등장하는 괴물이 아니었다. 오히려 성공한 국가가 보유해야만 하는 장식품 같은 것과 마찬가지의 존재였다. 아름답지는 않지만 특별한 트로피 와이프라고나 할까? 에일리언 번식에 성공하는 것, 그리고 번식한 새끼를 바퀴마마로 키워 발밑의 나라에 선물하는 것. 그것이 자기편을 만드는 외교라고 했다. 에일리언이 바라지도 않는 이런 일들을 왜 하는 것인지 나는 알 수 없었다. 물론 그 덕에 나는 꽤 쏠쏠한 시급을 챙기는 아르바이트를 구했다는 걸 부정할 수는 없었다.

　처음 외계에서 찾아온 이 에일리언을 발견한 국가가 소비에트연방인지 미국인지는 논란의 여지가 있다. 두 나라 모두 비슷한 시기에 에일리언의 번식에 성공했기 때문이다. 이 세계가 한창 냉전이던 1950년대에 에일리언들이 거대한 알에 싸인 형태로 지구에 쏟아져 내려왔다. 운석 비처럼. 아마 그때 한반도 어디쯤엔가 에일리언이 도착했을지도 모르겠다. 설악산, 한라산, 개마고원, 아니면 DMZ 어딘가에 떨어졌겠지.

　"바퀴마마는 미국산이야, 소련산이야?"

　칫솔질을 하다 지친 나는 바퀴마마 에일리언에게 묻기도 했다. 그녀는 여전히 쉭쉭거리기만 할 뿐 내게 대답을 해줄 수는 없었다. 그녀가 거만해서가 아니었다.

에일리언은 혀가 없었다. 그렇기에 말을 할 수 없고 거대한 동굴 같은 입안에서 바람 소리만이 흘러나왔다. 그리고 지구에 남아 있는 에일리언은 모두 암컷이라고 했다.

에일리언의 수컷은 낳자마자 바로 정액을 채취한 후 실험재료로 쓰인다고 했다. 그리고 그렇지 않더라도 열 마리 중 한 마리 정도의 에일리언이 살아남는다고 했다. 그중 또 다른 에일리언을 낳을 수 있는 암컷 에일리언만이 나 같은 하녀를 하나 끼고 살 수가 있는 것이었다.

나는 에일리언의 청소부라는 비밀직업에 대해 결국 누군가에게 털어놓고 말았다. 세 살 연하의 남자 친구는 룸메이트와 함께 쓰는 반지하방에서 거칠게 나를 닦달했다. 맛있는 걸 사줘도, 갖고 싶던 운동화를 사줘도 이 난리라니 기가 막혔다.

"말하라고! 왜 이렇게 요즘 돈이 많아! 나 몰래 이상한 아르바이트해? 돈 대주는 남자가 생겼어?"

침대 위에서 팬티만 입은 채로 방방 뛰는 모습을 보고 있자니 어이가 없었다. 그래서 잠깐 딴생각을 했다.

남자 친구는 룸메이트가 주간 알바를 나갈 때 나를 이곳으로 데리고 왔다. 나는 가끔 남자 친구가 욕실에서 씻는 동안 그 방 안에 머물렀던 다른 사람에 대해 생각하곤 했다.

룸메이트에게도 여자 친구가 있겠지? 그 룸메이트의 여자 친구 역시 이 침대에 누워 있겠지? 그러다 문득 격납고 안에 갇혀 있는 바퀴마마는 하루 종일 무슨 생각을 할까 궁금해졌다.

"바퀴마마……"

"바퀴벌레? 어디어디?"

남자 친구가 깜짝 놀라서 매트리스에 주저앉았다.

나는 그 모습을 보고 픽, 웃었다.

"어쨌든 수상한 짓하면 그때는 끝인 줄 알아."

나는 화를 내면 살짝 붉어지는 아직 애티가 가시지 않은 날카로운 코끝과 그 아래 체리색 사탕을 닮은 빨간 입술을 바라보았다. 십대 때는 게임 선수가 되고 싶었다던 남자 친구는 지금은 크리에이터를 꿈꿨다. 하지만 나는 안다. 얘는 웃을 때 반달처럼 작아지는 눈과 화를 낼 때 붉어지는 뺨을 빼고는 인생에 내세울 만한 아이템이 없는 애였다.

만약 내가 바퀴마마에 대해 말한다면 어떻게 할까? 내 말을 믿지 않을까. 아니면 나와 함께 휴대폰을 들고 에일리언의 모습을 촬영하기 위해 격납고로 갈까?

나는 잠시 눈을 감고 사다리를 오르는 나를 떠올렸다. 손에 든 세제액이 담긴 양동이의 무게감이 느껴졌다. 바람 소리 같은 바퀴마마의 음성. 나는 조금만 더

에일리언의 청소부

일을 하면 그녀의 목소리를 알아들을 수 있을 것 같다는 생각도 들었다. 그녀는 내게 무슨 말을 하고 싶을까? 그 말이 내게 무슨 도움이 될 수 있을까?

나는 눈을 떴다.

방금 전까지 침대에서 방방 뛰던 남자애가 나를 보고 웃고 있었다. 입매를 살짝 한쪽으로 올린 미소다. 입술의 각도가 꼭 쏟아지기 직전의 물컵과도 같았다. 나는 손을 들어 넘어지려는 물컵을 밀듯 남자애의 턱에 손가락을 댔다. 그리고 속삭였다.

"지금부터 내가 너에게 어떤 것에 대해 말을 할 거야. 퀴퀴한 반지하가 아니라 파인애플 냄새가 나는 격납고에 대해서."

*이 소설의 제목은 정명섭 작가님이
필자의 페이스북에 남겨주신 댓글에서 따왔습니다.

7. 금순, LG, 로자

LG전자에는 금성전자 시절부터 존재해온 금순이라는 여성이 있었다. 그녀는 서울 변두리에서 전파상을 운영하는 가난한 가정의 1남 3녀 중 둘째 딸로 태어났다. 그녀는 성실하고 참된 마음을 가진 여성으로 상고 졸업 후 잠시 무역회사에서 직장 생활을 하다가 거래처의 성실한 남성을 만났다. 남성의 집안은 금수저는 아니었으나 금순의 집안보다는 형편이 나았다. 그렇게 금순은 그 시대 평균 결혼연령인 이십대 중반의 나이에 결혼을 했다. 금순은 월세방에서 신접살림을 차린 뒤 하나하나 살림살이를 장만하고 늘려갔다. 금성백조 세탁기를 비롯해 텔레비전과 냉장고 등등 대부분의 가전제품은 금성전자 제품이었다.

80년대에 이르러 금순의 남편은 승진을 거듭했다. 그

녀의 가정은 전형적인 중산층 가정의 틀을 갖춰나갔다. 그사이 금순의 집은 월세방에서 단독주택으로, 최종적으로는 아파트로 옮겨갔다. 신혼에 장만한 전자제품은 그 시기에 재빨리 신제품으로 바뀌었다. 금순은 트렌드세터는 아니었지만 중산층 아파트 인테리어에 어울리는 가전제품을 고르는 안목은 지니고 있었다. 앞서가는 것은 남우세스러웠지만, 촌스러운 건 또 못 견디는 것이 금순이었다.

이미 짐작하겠지만 금순은 실제 존재하는 여성이 아니었다. 금성전자 상품디자인팀에서 금성전자 시절부터 기업의 잠재 고객으로 설정해 놓은 가상의 여성 고객 캐릭터였다. 80년대 금순은 튀는 것을 좋아하지는 않지만 센스 있다는 평을 듣는 전업주부였다. 디자인팀은 신제품의 디자인을 고려할 때마다 과연 '금순'이 이 상품을 좋아할 만한가를 늘 염두에 두었다. 디자인만이 아니라 제품의 기능성까지 모두 고려 대상이었다.

가상의 고객 금순의 안목으로 탄생한 몇몇 가전제품은 시장에서 큰 히트를 쳤다. 금순이 '금손'이 된 것이었다. 그 후 금성전자에서는 가전제품 상품디자인의 최종판결을 내리는 부서가 따로 만들어졌다.

<금순의 안방>이라 불리는 그곳은 비밀부서라 외부에 전혀 알려지지 않았다. <금순의 안방>에서는 디자

인 시안 검토 외에도 몇 개월에 한 번씩 전체메일을 보내왔다. 메일에는 지금 현재 금순의 일상에 대한 기록이 간결하게 첨부되어 있었다.

2001년 상반기 금순은 막내딸을 결혼시켰습니다. 그녀는 최근에 도예에 관심을 가지기 시작했습니다.

2001년 하반기 금순의 막내딸이 순산했습니다. 금순의 손자는 벌써 세 명이 된 셈입니다. 금순은 식기세척기의 살균 문제에 관심을 가지기 시작했습니다.

가전제품의 디자인을 업그레이드할 때마다 디자인팀에서는 계속해서 머릿속에 금순을 염두에 두어야 했다.

"잠깐 금순이 여사님이 이 디자인을 좋아할까? 금순이 여사님이 보기에는 너무 날카롭게 보이는 것 아니야."

금성전자가 LG전자로 바뀌고 시대가 달라졌지만 <금순의 안방>은 여전히 견고한 위치를 차지했다.

"금순이 여사님의 눈에 들려면 무엇보다 은은한 핑크나 꽃무늬가 중요해요. 우리가 금성전자에서 LG로 바뀌었다고 해도 금순이 여사님의 눈 밖에 벗어날 수야 없죠."

붉은 빛깔에 꽃무늬 패턴이 보석처럼 반짝이는 LG 디오스 양문형 냉장고는 금순을 위해 만들어진 제품에 가까웠다. 디자인팀은 꽃무늬 패턴 특유의 촌스러움이 느껴지지 않게 고민했다. 특히 그 무렵 <금순의 안방>에서 전체메일로 보낸 금순의 일상을 살펴보면 그녀는 갤러리를 순회하는 새로운 취미가 생겼다고 적혀 있었다. 디자인팀은 전자제품에 어울리는 고급스러운 꽃무늬 패턴을 작품에 활용하는 미술가를 찾아다녔다. 그리고 금순의 기호에 맞춘 꽃그림 양문형 냉장고는 <금순의 안방> 부서의 호평을 받은 것은 물론 시장에서도 큰 성공을 거두었다.

하지만 스마트폰 시대가 열린 이후 LG 사내에 하나의 불만이 떠돈다는 소문이 돌았다.

"우리가 또 금순 할매 입맛에 맞는 상품을 만들어야 해?"

세계적인 트렌드를 고려해 아무리 핫한 시안을 올려도 <금순의 안방>에서 모두 거절한다는 것이었다. 인간미가 없고, 딱딱하다고 했다. 혹은 쓸데없이 너무 복잡한 기능이 많다는 것이었다.

비록 작은 불만들이 생겨나기 시작했지만 그럼에도 불구하고 금순은 계속 승승장구하는 듯했다. 2천년대 LG전자의 빅 히트 제품인 초콜릿폰의 경우 특이하게도 <금순의 안방>에서 계획서가 나온 제품이었다.

LG의 휴대폰이 딱딱하고 너무 기계적이지 않았으면 합니다. 손에 쥐어도 따뜻하고 달콤한 폰이었으면 좋겠어요. 80년대에 즐겨 먹던 달콤한 밀크초콜릿 같은 크기였으면 해요.

LG 디자인팀은 촌스러운 밀크초콜릿과 최첨단 휴대폰 사이에 무슨 연결고리가 있는지 고개를 갸우뚱거렸다. 그 때문인지 여러 차례에 걸쳐 LG 초콜릿폰은 <금순의 안방>에서 거절당했다. 유치하다, 딱딱하다, 지저분하다, 손에 쥐기에 불편하다 등등. 디자인 시안이 바뀔 때마다 <금순의 안방>에서 내려오는 수정 사항 역시 디자인팀을 미치게 만들었다.

"분명 금순 할매가 노망이 난 게야. 초콜릿과 휴대폰의 믹스매치라니. 이건 진짜 최악의 미스매치라고. 아마 다음에는 엿가락과 젓가락을 믹스매치시켜 젓가락질 못 하는 손주들을 위해 음식이 쩍쩍 들러붙는 젓가락을 만들라고 할 거라고."

그 초콜릿폰 디자인이 번번이 반려되면서 LG전자 사내에는 금순을 밀어내려는 세력들이 커지기 시작했다. 하지만 신기하게도 여러 차례의 수정 끝에 초콜릿폰은 정말 달콤하면서도 에지 있는 감성적인 휴대폰으로 완성되어갔다. 시장 출시 이후 초콜릿폰은 큰 인기를 끌었다. 다만 귀신같은 스마트폰이 등장하면서 초콜릿폰의 인기는 급감했다.

언제나 한발 늦지만 발 없는 귀신처럼 재빠르게 해외 전자제품 트렌드를 반영하는 삼성은 이번에도 대처가 빨랐다. 하지만 느긋한 여유를 즐기던 <금순의 안방>에서는 이도 저도 못 하는 상황이었다. 더구나 금순은 분명 일반 폰과는 시스템이나 기능, 운용 면에서 큰 차이가 있는 스마트폰에 대한 이해가 부족한 듯했다.

"금순이 스마트폰을 배울 수는 있습니다. 하지만 우리가 걸음마를 배우는 사이, 삼성은 미친 듯이 달릴 거고, 애플은 아예 전동킥보드를 타겠죠."

<금순의 안방>에 대한 반감이 심한 측에서는 계속해서 금순을 공격했다. 하지만 보수적인 LG전자 임원들 사이에서는 그동안 금순이 해온 역할 역시 무시하기 힘들다고 주장했다.

그들이 우왕좌왕하는 사이 LG의 신진세력 TF팀에서 새로운 프로젝트를 준비했다. <LG의 로자 프로젝트>가 바로 그것이었다.

"이제 금순의 시대는 저물었습니다. 새로운 LG전자의 위상에 걸맞은 로자가 있으니까요."

<LG의 로자> 시안 설명회에서는 놀라운 과학기술들이 동원되었다. LED 스크린에 3D 영상으로 신도시의 아파트 대단지를 묘사한 그래픽이 펼쳐졌다. 그 위를 마놀라블라닉 힐을 신은 로자가 또각또각, 소리를 내며 걸어갔다. 보는 이들의 상상력을 자극하기 위해 그녀의 뒷모습만 보일 뿐 앞모습은 보이지 않았다. 그녀는 멀티태스킹의 대가답게 오른손으로 스파게티면을 볶으면서, 왼손으로 인스타그램에 접속해 사진을 올렸다. 그 와중에도 로봇청소기에게 명령을 내려 거실 소파 밑을 다시 청소하도록 했다. 출근하는 차 안에서는 무선 이어폰을 귀에 꽂고서 수많은 업무를 동시에 처리했다. 두 아이의 학교 숙제 문제를 처리하고, 타사 홈쇼핑에서 주문한 남편의 기능성 팬티 품질이 형편없어 반품 신청 통화를 했다. 그리고 그 전화를 끊은 후에는 시어머니의 생신 준비를 위해 하나뿐인 동서와 짧게 통화도 했다. 마지막으로 오늘 업무사항을 부하 직원들에게 미리 지시했다. 그녀가 출근하자마자 곧바로 회의가 시작될 수 있도록.

"전지현이 될지, 김희선이 될지 알 수 없지만 우리 LG전자의 새로운 모델은 바로 LG의 로자를 연기하는 셈이죠. 만 39세의 나이지만 만 29세처럼 보이는 여성으로 홈쇼핑 MD로 일하고 있죠."

회의에 참석한 여성 중간간부가 손을 들었다.

"아마, 실제 저렇게 살다간 로자는 기절하고 말 거예요. 그리고 피로에 찌들어서 피부에 쩍쩍 금이 가겠죠. 슈퍼맘 트렌드가 한물간 지가 얼마인지는 알고 있나요?"

LG의 로자 TF 팀장이 입꼬리를 한쪽으로 치켜올리며 비웃었다.

"맞아요, 우리의 로자는 슈퍼맘입니다. 슈퍼맘 트렌드가 사라졌다고요. 오브 코스, 하지만 직장 여성에게 슈퍼맘의 생활을 강요하는 상황이 달라졌나요? 다행히 LG의 로자가 그 상황을 극복할 수 있는 있는 건 LG 가전의 도움 덕이죠. 슈퍼우먼의 망토처럼 이제 LG가전은 일하는 여성을 위한 마법의 망토인 셈입니다."

백발이 성성한 남성 이사가 손을 들었다.

"나는 저런 캐릭터가 싫으네. 우리 금순 씨 같은 인간미는 어디에 있지? 가정을 꾸리는 여성의 미덕은 어디에 있지?"

그러자 아까 말했던 여성 중간간부가 손을 내저었다.

"이사님, 죄송하지만 그 금순 씨가 사내에서는 여성 꼰대로 유명한 거 모르시죠?"

LG의 로자 TF 팀장이 LED 화면을 다음 단계로 넘겼다.

깨끗한 화면에 캐리어를 끌고 가는 로자의 뒷모습

이 보였다. 캐리어에는 선명하게 LG 마크가 새겨져 있었다.

"저희 팀이 LG의 로자를 통해 추구하는 건, 일상의 여행화입니다. 더 이상 그녀에게 일과 가정은 삶의 피로를 불러오는 짐이 아닙니다. 바로 새로운 변화를 위한 여행이죠. 그 여행의 동반자가 바로 가족입니다. 그 삶의 여행에 LG전자 가전제품이 함께합니다."

마지막으로 LED 화면 속에서 LG캐리어를 손에 쥔 로자가 긴 머리를 휘날리며 회의테이블로 걸어 나왔다. 홀로그램으로 만들어진 놀라운 영상이었다. 하지만 그 홀로그램 속 로자에게는 얼굴이 있어야 할 부분이 텅 비어 있었다. 로자를 반대했던 백발이 성성한 남성 이사마저 넋을 잃고 물끄러미 로자를 바라보았다. 여성 중간간부의 표정은 조금 달랐다. 그녀는 로자의 텅 빈 얼굴이 무풍선풍기의 텅 빈 원통 내부 같다고 생각했다.

6개월 후 여행가방을 든 LG의 로자가 LG전자 광고에 등장하기 시작했다. LG의 로자를 연기하는 배우는 전지현도 김희선도 아닌 신선한 마스크의 모델로 결정되었다. 로자라는 이름에 어울리게 한국인이 아닌 검은 머리의 백인 모델이었다. 백인 모델이 영어로 읊조리면 카피 문구가 떴다.

"가족이란, 나와 함께 일상의 매일을 여행하는 사람들."

그러고서 그녀는 캐리어를 끌고 어딘가로 사라진다.

광고팀은 몇 주에 걸쳐 세계 각국의 로자들로 모델의 얼굴을 바꿀 계획이었다. 그리고 그중에는 한국의 유명한 톱스타도 있었다.

"가족이란, 나와 함께 일상의 매일을 여행하는 사람들."

그녀는 나긋나긋한 목소리로 그 카피를 속삭일 예정이었다.

물론 그전에 <금순의 안방>팀은 문을 닫고 말았다. 금순의 장례식을 치르는 행사가 조촐하게 진행되기는 했지만 회사 내부에서는 아무도 관심을 두지 않았다. 금순은 LG전자에 많은 기여를 했으나 그녀는 한낱 소비자에 지나지 않았다. 하지만 로자는 달랐다. 소비자가 아닌 새로운 소비를 창출할 수 있는 가상의 인물이었다.

광고 방영 이후 LG전자는 전혀 예상하지 못한 변수에 부딪혔다. 어느 날 공원에서 캐리어에 담긴 한 구의 사체가 발견되었다. 체격이 작은 칠순 노인의 토막 난 사체였다. 경찰이 CCTV를 확인하자 한 여인이 캐리어를 끌고 공원의 가로등 밑을 지나가고 있었다. 그녀는 캐리어를 그대로 버려두고 재빠르게 달아났다. CCTV 영상은 곧 언론을 통해 곳곳에 퍼져나갔다. 경찰에 체포된 그녀는 어디서든 흔히 볼 수 있는 평범한 재혼 여성이었다. 매일 두 곳의 식당에서 일을 하는 60대 여성으로 전남편과의 사이에 아들 하나가 있었다. 하지만 아들과는 연락을 끊은 지 한참이었다.

"거기, 지옥이 있었어요."

기자가 살인의 이유를 묻자 부스스한 흰머리의 그녀가 잔뜩 쉬었지만 나직하고 또랑또랑한 목소리로 말했다.

"어떻게 사체를 토막 냈습니까?"

다른 기자의 물음에 그녀가 말했다.

"우선 겁이 나서 세탁기에 거꾸로 집어넣고, 눈을 감고 기도했어요. 이 모든 걸 사라지게 해달라고. 그리고 내가 눈을 꼭 감고 있다가 아주 늦게 눈을 떴어요. 근데 LG만 보였어요, 내 눈 앞에."

LG의 로자 TF 팀장은 그 인터뷰 동영상을 뒤늦게 아이폰XR로 보면서 절망했다. 왜 불행한 노파가 세탁기가 아닌 LG라고 뇌까렸는지 그로서는 도무지 이해할 수 없었다.

8. 나는 행복합니다

이 질병에 걸린 사람이 처음 발견된 곳은 폭염이 한창인 팔월 경기도 외곽에 자리한 한 문화센터에서였다. 이제는 한물간 웃음치료사가 수강생들을 대상으로 박수를 유도하던 오후 네 시에 그 일이 터졌다.

"나는 행복합니다! 나는 행복합니다!"

수강생들이 함께 강사의 노래를 따라 부르며 외쳐댔다.

웃음강사는 70년대 유행했던 <나는 행복합니다> 노래에 맞춰 손뼉을 치며 수강생 주변을 돌아다녔다. 그는 고개를 좌우로 흔들며 여덟 개의 건치를 드러낸 채 연신 입꼬리를 위로 올렸다. 머리가 희끗희끗한 강사는 최근에 행복과 불행을 동시에 겪었다. 최근 새로운 불륜녀와 모텔까지 갔으나 그녀와의 잠자리에서 풀이 죽는 바람에 좌절하고 말았다. 새 섹스 상대를 만나서 발기부전제 카피 제품을 복용하지 않아도 끄떡없을 거라는 믿음 역시 와르르 무너졌다. 새로움만으로 온몸이 불타오르는 나이가 아니었던 것이다. 아픈 깨달음이고, 불행한 깨달음이었지만, 웃음강사는 누구에게도 그 말을 하지 않았다.

웃음강사는 다시 한 번 발기부전제 카피약의 효능에 대해 생각하면서 계속 "나는 행복합니다"를 외쳤다.

목요일 오후 네 시, 이 작은 도시는 아무도 없는 듯 고요했다. 젊은이들은 대개 외곽에 위치한 작은 공장에서 일하거나 그보다 더 많은 수의 젊은이들은 큰 도시로 떠났다. 웃음강사는 이 도시에서 어떤 일이 일어나는지 알지 못했다. 그가 이 도시에서 문화센터를 제외하고 가본 곳이라고는 술집 몇 곳과 낡은 모텔이 전부였다. 어쩌면 그 모텔의 퀴퀴한 냄새 덕에 그가 좌절을 겪었는지도 몰랐다. 성기능이 노쇠한 것이 아니라, 모텔의 악취가 그의 여흥을 깨뜨린 것일지도 모른다고 생각하자 입꼬리가 절로 올라갔다.

"나는 행복합니다! 나는 행복합니다!"

그러다 갑자기 웃음강사가 쓰러지자 수강생들 사이로 나직한 외침이 썰물처럼 퍼져나갔다.

하지만 누군가 픽, 웃음을 터뜨렸다.

웃음강사는 양다리를 오므리고 주먹을 꽉 쥔 채로 까악까악, 웃었다. 심지어 증세가 심해지자 양팔을 위아래로 휘저어댔다. 뒤집어진 채 다시 일어서지 못하는 까마귀 꼴이었다. 몇몇 사람들은 웃음강사가 더 이상 유머가 통하지 않자 몸 개그까지 불사하는 거라고 믿게 되었다.

"아이고, 까마귀 고기를 자셨나. 우리 강사님 왜 그러신대."

한 노파가 입술을 삐죽거리며 말했다.

결국 겉보기에 우스꽝스러운 자태 때문에 이 질병에 무심했던 측면도 무시할 수 없었다. 만약 그 웃음치료반의 수강생들이 화들짝 놀라 강의실 밖으로 뛰쳐나갔다면 이 질병의 전파 속도가 그렇게 빨라지지는 않았을 터였다. 까악까악 울던 웃음치료사가 입에 거품을 물고 쓰러지자 수강생들은 사태의 심각성을 깨달았다.

그날 저녁 중학교 일학년 영수는 저녁 뉴스를 보다가 깜짝 놀랐다.

"어, 어 엄마. 뉴스에 우리 동네 나온다."

주방에서 설거지를 하던 영수의 엄마가 거실로 나와 텔레비전을 보며 신기한 듯 바라보았다.

"정말, 우리 동네네. 영수야, 그것도 할머니 다니는

문화센터네."

곧이어 안방 문이 열리고 영수의 할머니가 나타났다. 무릎걸음으로 걸어오는 할머니는 양 손목이 안쪽으로 비틀린 모습이었다. 영수는 순간 소름이 끼쳐 한마디도 할 수 없었다. 할머니는 계속 웃느라 주름진 얼굴이 기괴하게 일그러졌다.

"경찰에서는 웃음강사의 사인에 대해 면밀히 조사하겠다고 밝혔습니다."

뉴스의 화면을 보던 영수는 재빠르게 엄마의 손을 잡았다.

영수는 친구들과 함께 휴대폰으로 유튜브 영상을 본 적이 있었다. 중세 유럽에서 유행했던 웃음 전염병에 걸린 이들은 춤을 추며 깔깔대고 웃다가 창자가 뒤틀리고 체액까지 다 흘러나와 죽는다고 했다. 문제는 그 전염병의 원인이나 치료법이 지금까지 밝혀지지 않았다는 것이었다.

"엄마, 빨리 나가자. 할머니 무서운 병에 걸린 거야."

하지만 영수의 엄마는 시어머니의 비틀린 손목을 붙잡으며 그녀를 달랬다. 영수의 할머니는 숨이 넘어갈 듯 웃어댔고, 그 때문에 침을 질질 흘렸다. 시어머니를 걱정스러운 모습으로 바라보던 영수의 엄마 역시 결국에는 바닥에서 뒹굴뒹굴 구르며 웃기 시작했다.

영수는 하얗게 질린 얼굴로 엄마를 바라보았다. 그

리고 웃느라 눈물까지 쏟고 있지만 엄마의 눈빛에서 무언가를 읽었다.

'영수야, 도망쳐.'

엄마가 불쌍하고 또 무서웠다. 할머니와 엄마는 이제는 서로의 머리카락을 쥐어뜯으며 웃기 시작했다.

영수는 휴대폰만 호주머니에 챙겨서 집 밖으로 재빠르게 빠져나갔다. 하지만 신발장 위에 놓여 있던 황사마스크를 챙기는 것은 잊지 않았다. 그날 미세먼지가 심한 날이었는데, 엄마가 쓰고 가라던 황사마스크를 아빠가 그냥 내팽개치고 나가버린 것이었다.

영수는 마스크를 쓴 채 골목을 내달리며 아빠에게 전화를 걸었다. 마을의 공장이 문을 닫은 이후로 아빠는 술이 늘고 웃음이 줄었다. 시에서 지원하는 취업교육을 받았지만 시간이 지나도 영수의 아빠는 술만 늘었다. 병원에서 우울증 판정을 받자 할머니의 권유로 사흘 후부터는 웃음치료를 받을 계획이었다. 하지만 아빠는 전화를 받지 않았다.

"나는 행복합니다! 나는 행복합니다!"

할머니는 종종 웃음을 잃고 늙어가는 아들의 미소를 찾아주기 위해 아들 앞에서 노래를 부르며 재롱을 부렸다. 그런 할머니 앞에서 영수 아빠는 깊은 한숨만 내쉬었다. 그리고 그런 아빠와 할머니를 바라보던 영수는 '행복'이란 단어가 '바보'처럼 여겨졌다.

집 앞 버스 정류장까지 달려온 영수는 누군가의 품에 팍 부딪쳤다. 익숙한 악취에 고개를 들어보니 술 취한 아빠가 눈앞에 있었다.

"아빠."

"어디 가냐?"

영수의 아빠는 아들의 입을 가린 마스크를 벗겨냈다.

"아빠 보러."

"나를 왜."

"큰일 났어, 지금."

"뭐가?"

"할머니가 자꾸 웃어. 엄마도 자꾸 웃고."

"그게 뭐가 이상하냐. 난 웃지도 못하는데……."

그러면서 아들을 밀어내려던 영수의 아빠는 잠시 동작을 멈추었다.

"잠깐, 이상하긴 하지. 그렇게 웃을 일이 많지 않은데…… 그냥 웃으면 미친년들이지."

영수의 아빠는 마스크를 손에 쥔 채 집으로 달려갔다.

그때 골목에서부터 요란한 웃음소리가 들려왔다. 마을 사람들이 하하호호 웃어대며 곳곳에서 시내로 걸어 나오는 중이었다. 그들은 웃고 춤추느라 지쳐서 몰골이 말이 아니었다. 머리카락이 헝클어진 사람들은 그나마 양반이었다. 옷이 찢긴 사람, 두 발을 번갈아 깡충깡충 뛰는 사람, 심지어 웃음을 참으려고 스스로 목을 조르는 이들도 있었다. 몇몇 사람들은 지쳐서 숨을 헉헉대면서도 벽을 잡고 발을 동동대며 웃었다. 그 중에는 서로의 멱살을 잡거나 주먹으로 서로의 입을 틀어막는 이들도 있었다. 그 무리에는 허리를 팍 꺾은 채 어떻게든 웃음을 참아보려는 영수의 엄마와 할머니도 있었다.

"이런, 당신······ 엄마, 왜 그러는 거야!"

영수의 아빠가 그 무리로 들어가 엄마와 할머니의 손을 양쪽에서 잡아끌었다. 영수는 차마 그 무리로 들어가지 못하고 슬그머니 뒷걸음질 쳤다. 영수가 재빨리 지름길로 달려가며 들은 건 웃음소리였다. 전염병에 감염됐지만 제대로 웃지도 못하고 숨이 차듯 껄껄 우는 웃음이었다. 그 웃음의 주인공이 누구인지 영수는 알 것 같았다. 영수는 아빠가 제대로 웃지도 못하고 사람들 무리에 섞여 멈추지 않는 딸꾹질을 하듯 돌아다닐 거라 생각했다.

버스터미널 쪽으로 서둘러 달려가던 영수는 대로변의 편의점으로 들어갔다. 효능은 보장 못 하지만 우선 황사마스크부터 새로 구입할 생각이었다. 영수보다 기껏해야 서너 살쯤 많아 보이는 알바생이 아무 표정 없이 황사마스크에 리더기를 대고 결제했다.

"도망쳐요, 누나."

"난 어디도 못 가."

알바생은 영수를 보지도 않았다.

"여기 있으면 곧 끔찍한 일이 생겨요."

"무슨 일인데?"

그제야 알바생이 영수를 바라보았다.

"막, 웃게 된다고요."

편의점 알바생은 기운 없이 픽 웃었다.

"이거보다 더 웃는다고, 내가?"

영수는 고개를 절레절레 저으며 편의점 밖으로 나가려다 알바생에게 말했다.

"죽고 싶지 않으면 도망쳐요."

"네가 그게 뭔지 알아?"

"알아요, 한 시간 전에 엄마와 할머니가 죽어가는 걸, 그리고 방금 전엔 아버지가 곧 죽을지도 모르는 걸 봤으니까."

그러면서 영수는 황사마스크 하나를 더 가져와서 카운터에 올려놓았다.

"하나 더 필요해?"

"도망치지 않을 거면 우선 이거라도 써요."

영수가 그 도시를 떠난 건 그날 자정 가까울 무렵이었다. 시외버스터미널 안은 이미 웃는 사람들 천지였다. 웃다 보면 사람들은 폭력적으로 변했다. 매점을 급

습하고 냉장고에서 마음대로 맥주와 탄산음료를 꺼내 먹었다. 매점의 젊은 아가씨는 깔깔대며 웃는 노인들을 피해 다니며 역시 웃고 있었다. 남자들 여럿이 한 여자를 둘러싸고 이리저리 만져대며 웃어댔다. 여자는 울고 있으면서도 자지러지게 웃어댔다.

하지만 아직 뉴스에서는 웃음강사가 사망한 질병의 원인을 분석 중이라는 소식만이 들려올 따름이었다. 영수는 스마트폰으로 뉴스를 계속 검색했지만 웃음 때문에 무너져가는 이 도시에 대해서는 보도하지 않았다. 어쩌면 이 도시를 영영 떠나지 못할 거라고 절망할 때 그녀가 나타났다. 황사마스크를 쓴 편의점 알바생이었다.

"곧 차 한 대가 이곳으로 올 거야."

"무슨 일인지 버스도 서지 않는다고요!"

"내 SNS 친구는 나를 배신하지 않아. 지금 나한테 푹 빠졌거든. 그리고 그 남자애는 차는 없지만 운전면허가 있어. 아빠 차를 몰고서라도 나를 데리러 올 거야."

영수는 편의점 아르바이트생을 물끄러미 바라보았다.

"왜 날 도와줘요?"

"날 살려줬잖아. 내가 편의점 리더기를 내던지고 마스크를 쓰고 나간 지 채 몇 분도 지나지 않아서 사람들이 들이닥쳤어. 너무 행복한 사람들이."

영수와 편의점 알바는 그렇게 자정이 다 되도록 버스터미널 앞 백년송 위에 올라가 기다렸다. 웃느라 지친 사람들은 높은 나무 위까지 올라올 기력은 없었다. 하지만 편의점 알바의 SNS 친구는 밤이 깊도록 나타나지 않았다.

"이미 다들 여기서 무슨 일이 벌어지고 있는지 아는 거예요."

편의점 알바는 영수의 말에 대답하지 않고 계속해서 휴대폰만 바라보고 있었다.

"같이 가요, 누나."

"아니야, 진짜 그 사람이 온다니까!"

여름 바람에 훅, 역겨운 냄새가 지면에서부터 올라왔다.

"지금 내가 보는 세상이 너무 역겨워서 토할 거 같아요."

영수가 손을 입에 가져다댔다.

"그걸 이제 알았니?"

알바생은 그렇게 말하고서 다시 SNS를 통해 SOS를 쳤다.

영수는 "내가 지켜줄게요"라는 말이 목구멍까지 올라왔지만 할 수 없었다. 동시에 "너무 무서워요, 누나"라는 말도 목구멍을 비집고 따라 올라올 것 같아서였다.

　그날 자정 무렵 영수는 혼자 백년송에서 내려왔다. SNS의 친구에게 답이 없자 알바생은 또 다른 구조 신호를 페이스북과 인스타그램과 트위터에 올렸다.

"사람들이 계속 댓글을 달아."

"그래서요?"

"그중에 누군가는 여기로 올 거야."

"난 내려갈 거예요."

　백년송에서 내려온 영수는 거리의 끔찍한 광경을 보고 욕지기가 치밀었다. 영수는 다시 백년송 위로 올라갈까 하다가 그만두었다.

'나한테는 SNS 친구도 없으니까. 믿을 건 나밖에 없어.'

　웃다가 지쳐 피를 흘리며 거리에 널브러진 사람들 사이로 영수는 계속해서 달렸다. 그들은 행복한 사람들에서 어느덧 죽어가는 전염병 환자들의 몰골에 더 가까워졌다.

　자정 넘긴 시간 영수는 어느 한적한 도로 위를 홀로 걷고 있었다. 영수는 콧노래를 흥얼거렸다. 어쩌면 이제는 천국으로 갔을지도 모르는 할머니가 안방에서 혼자 자주 부르던 노래였다.

"나는 행복합니다. 나는 행복합니다."

영수는 어금니를 깨물고 그 노래를 불렀다. 그러다가 피식 웃었다. 눈물을 쏟기 전에 덧없이 터져 나오는 실소 같은 웃음이었다. 그런데 그 작은 웃음마저 너무 두려워 영수는 어금니를 더 세게 꽉 깨물었다. 그의 옆에는 다행히 웃지 않는 그림자밖에 없었다.

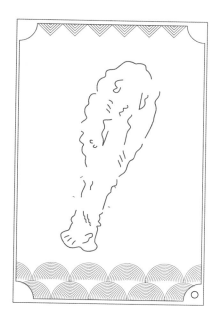

9. 책방의 좀비(1)

　일산 백석동의 <미스터 버티고>는 주택가에 위치한 자그마한 서점이었다. 손님이 열 명만 넘어도 서점의 실내가 꽉 차는 곳이었다. 이 작은 서점에서 취급하는 목록은 문학과 인문학 서적, 에세이가 대부분이었다. 베스트셀러라고 해도 자기계발서류나, 학습지 종류는 들이지 않았다.

　서점 내부는 짙은 갈색이어서 길가에서 보면 커피 냄새가 풍길 법한 인상이었다. 실제로 서점 문을 열고 들어가면 희미하게 커피 내음이 풍기기도 했다. 이 작은 서점에는 앙증맞은 테이블이 세 개 있었다. 원하는 손님은 책을 마시며 서점 주인이 내려준 커피를 느낄 수 있었다. 물론 손님들이 구입하지 않은 책을 들고 커피를 마셔도 서점 주인은 그냥 내버려두었다. 하지만 서점 주인을 눈여겨본 사람이 있다면 꼼지락대는 가느다란 손가락을 보았을 것이다. 그는 혹시나 손님이 구입하지 않은 책에 갈색 얼룩을 남기지는 않을까 소심하게 걱정하고 있을 테니까.

주택가에 위치하긴 했지만 <미스터 버티고>는 상가들로 둘러싸인 곳이었다. 그 상가들은 각각 해물탕집, 삼겹살집, 치킨집, 족발집이었다. 그렇다. <미스터 버티고>는 이 주택가 사람들의 야식을 담당하는 거리에 들어선 서점이었다. 서점의 책들은 대부분 양념치킨 한 마리의 가격과 비교하면 오천 원 정도 저렴했다. 하지만 이 주택가의 주민들 중 양념치킨 한 마리를 시키기 전에 한 권의 소설을 생각하는 사람은 없었다. 물론 서점에 들어와서 소설 반, 에세이 반 책자는 없느냐고 묻는 손님도 없었거니와.

<미스터 버티고>의 사장은 친한 손님들로부터 버티고 씨란 별명으로 불렸다. <미스터 버티고>는 폴 오스터의 장편소설 제목이었다. 하지만 이곳의 버티고 씨는 종종 단골들에게만 한숨을 쉬며 속내를 내비쳤다.

"여기서 얼마나 더 버틸지 짐작이 가지 않아요."

그 말이 단골들 사이에 돌면서 그의 별명은 어느새 버티고 씨로 땅땅 정해졌다.

"버티고 씨 정말 떠나는 건가요?"

아직 황사가 뿌연 초봄에 펄이 들어간 보라색 매니

큐어를 바른 단골손님이 장편소설 한 권을 결제했다. 몽고반점이 있는 외계인이 스스로를 몇백 광년 떨어진 지구의 독재자로 착각하는 줄거리였다. SF를 좋아하는 이 단골손님 덕에 <미스터 버티고>의 서가 한구석에 SF 코너가 존재하기도 했다. 안타깝게도 그녀 외에 SF에 관심을 보이는 손님은 거의 없었다. 책 표지를 보고 관심을 보였으나, 삽화가 없어 다시 책을 꽂아두는 꼬마손님 한 명이 전부였다.

"떠나는 게 아니에요. 다음 달에 지하철역 인근 대형쇼핑몰 지하에 재오픈합니다. 앞으로는 더 다양한 책들로 채우려고요."

그녀는 쓸쓸한 표정으로 버티고 씨를 바라보았다.

"아쉽네요. 버티고 씨가 이 서점 안에 버티고 서 있는 모습이 참 잘 어울렸는데."

버티고 씨는 작은 체격의 사내였다. 머리카락은 하얗게 세고, 웃으면 얼굴에 주름이 깊게 팼다.

처음 서점에 온 손님들은 대부분 그를 퇴직 이후 가게를 차린 장년의 사내로 오해하기도 했다. 하지만 버티고 씨는 이제 겨우 마흔이었다. 머리가 하얗게 세고, 얼굴에 주름이 패고, 눈이 나쁜 것은 집안 내력이었다. 늘 무뚝뚝한 표정이지만 그게 수줍음의 다른 얼굴이라는 것 역시. 그리고 친해진 사람 앞에서 모든 표정을 해제하고 해해해 웃는 것도. 하지만 책을 좋아하고, 책에 빠져들다가, 덜컥 직장을 때려치우고 무모하게 서점을 차린 것은 어디서 온 기백인지 도통 알 수 없었다. 버티고 씨는 아직 아장아장 걷는 두 아들이 그 무모함만은 아빠에게 배우지 않기를 바랐다.

"뭐, 여기서 버티기보다 좀 더 넓은 곳에서 버티기로 마음먹었습니다."

"거기에도 SF 코너가 있겠죠?"

"손님께서 찾아주시면 당연히 만들어야죠."

단골손님은 방금 막 산 신간을 에코백 안에 넣으려다 잠시 멈칫거렸다.

의도하지는 않았겠지만 버티고 씨는 불길한 예감이 들었다. 단골손님과 서점 주인 사이의 아주 희미한 연결고리가 툭 끊어질 것 같은 기분.

"이벤트는 없나요? 떠나기 전에."

"아……아쉽지만."

<미스터 버티고>는 작은 서점이지만 종종 작가들의 낭독회가 열리기도 했다.

"아이작 아시모프라도 초청할 걸 그랬습니다."

"그래요, 이 서점이 SF 속 서점이라면 가능한 일일 거예요. 화성인을 위한 에세이 같은 것을 팔 수도 있죠."

"화성인들은 책을 읽지 않고도 우리들보다 훨씬 영민한 존재 아닐까요?"

"아니에요, 화성인들은 지구인보다 책을 더 많이 읽

박생강

을 거예요. 문어처럼 열 개의 손으로 열 권의 책을 동시에 넘길 수 있는 존재겠죠."

SF 마니아 단골손님은 버티고 씨에게 서점에 없는 SF소설 한 권을 더 주문했다. 버티고 씨는 늦어도 내일모레면 책이 들어와 있을 거라고 설명해주었다.

버티고 씨는 손님이 떠난 후에 홀로 서서 서점 안을 둘러보았다. 다음번에 그녀가 가게에 들르면 버티고 씨는 남아 있는 SF소설을 모두 그녀에게 선물할 작정이었다. 그는 그와 가까이 지내는 단골들에게 기억할 만한 선물을 남기고 떠나리라 생각했다. 하지만 특별한 이벤트는 그것 하나만이 아니었다. 버티고 씨는 이 자그마한 서점을 떠나면서 스스로를 위한 이벤트를 하나 준비했다.

그것은 자정부터 새벽 여섯 시까지 서점을 오픈하는 것이었다. 딱 사흘만. 별것 아니지만 버티고 씨가 꿈꿔오던 밤이기도 했다. 자정 넘은 시간과 적막이 가득한 두 시, 새벽녘에 어쩌면 책을 읽고 싶어 찾아오는 누군가가 있을지도 몰랐다.

버티고 씨는 그 손님을 위해 이 서점을 오픈하고 싶었다. 하지만 버티고 씨의 예상과 달리 첫날 손님은 겨우 한 사람이었다.

아, 그는 너무 무례한 손님이었다.

버티고 씨는 취객을 상대하는 편의점 알바생의 마

음을 진심으로 이해하게 되었다. 양복 차림의 그는 자정이 넘은 시간에 저벅저벅, 걸어왔다. 서점 안을 어슬렁대던 버티고 씨는 처음에 좀비가 찾아오는 걸로 오인했다. 회색 양복 차림의 그는 고개를 푹 숙인 채로 쿨럭, 기침을 토하며 <미스터 버티고> 주위를 맴돌았다. 그러더니 벌컥, 손잡이를 쥐고 안으로 들어왔다.

버티고 씨는 그 생각을 하자마자 미간을 찌푸렸다. 자정부터 새벽까지 문을 여는 이벤트 첫날부터 토사물로 서점 바닥을 적시리라고는 생각지도 못했다. 하지만 손님을 쫓아내지는 못했다. 그는 편의점 파라솔 의자에 앉듯 서점 의자에 앉아 꾸벅꾸벅 졸았다.

행패는 아무리 고급스럽게 포장해도 행패였다. 하지만 가게 주인이란 손님을 쫓아낼 수 없는 망부석 같은 존재였다. 특히 서점 주인은 손님이 책 열 권을 앉은 자리에서 몽땅 다 읽어버린다고 한들 어쩔 수가 없었다.

버티고 씨는 묵묵히 커피를 내리고 아이스 아메리카노 한 잔을 취객에게 서비스했다. 어차피 사흘 동안 한밤에 찾아오는 손님에게 커피를 서비스할 생각이었다. 차가운 커피를 마신 취객은 카페인 때문에 정신이 좀 돌아온 모양이었다. 이곳을 택시 안이나 길바닥이 아닌 낯선 가게라는 사실 정도는 인지한 눈치였다.

"다방입니까?"

"아니, 서점입니다."

"이거 커피잖아, 안 그래!"

"커피도 파는 서점입니다."

그러면서 중년의 취객은 머리를 쓸어내리고 주위를 휘휘 둘러보았다.

"책이네?"

"책이죠."

"영감님, 밥은 먹고 살아요?"

그 말에 버티고 씨는 그저 웃고 말았다. 하지만 웃는 얼굴이 만만해 보였던지 남자는 자신의 삶에 대해 주저리주저리 늘어놓았다. 그것은 버티고 씨가 좋아하지 않는 스릴러물 소설에 가까웠다. 버티고 씨는 호러물은 좋아했지만 스릴러물은 좋아하지 않았다. 그게 그거라고 남들은 말할지 몰라도 그에게는 달랐다. 둘의 차이는 이런 것에 가까웠다. 그는 공포의 폭죽이 팡팡 터지는 걸 좋아하는 사내였지, 누군가 내 입안에 총구를 들이밀 때의 감촉을 좋아하지는 않았다.

취객은 그렇게 말했다. 썰고 싶다고. 세상을, 회사를, 상사를, 부하를, 버릇없는 여직원을, 그리고 가족을……

그때 버티고 씨의 팔에는 소름이, 속에서는 욕지기가 차올랐다. 손님은 서점으로 밀려들어온 스릴러였다. 스릴러의 진짜 불쾌한 점은 언젠가 그 일이 내게 일어날지도 모른다는 것이었다.

다음 날 새벽 두 시에 진짜 좀비가 서점 앞에 서 있었을 때 버티고 씨는 놀라지 않았다. 앞서 말했듯 그는 스릴러는 싫어하지만, 호러는 좋아하는 사내니까. 좀비는 눈가가 보랏빛이었고, 코가 뭉그러져 뭉뚝했다. 턱쪽으로 길게 찢어진 아랫입술을 따라서 곤죽 같은 물질을 뚝뚝 흘렸다. 하지만 버티고 씨는 좀비의 클클클, 웃음인지 울음인지 알 수 없는 소리가 불쾌하지 않았다. 어쩌면 부스스한 머리카락에 장미꽃을 꽂고 있어서인지도 몰랐다.

'저 장미를 좀비가 직접 꽂았을까? 아니면 누군가 그의 평온을 기도하며 꽂아주었을까?'

좀비는 서점 출입문 앞에서 몸을 좌우로 건들거렸다.

'좀비는 시력이 마비된 존재야. 아직 후각인가? 아니, 청각이었나? 하여튼 몸에 남은 무슨 감각으로 사람을 알아본다던데.'

좀비는 서점 출입문에 쿵쿵, 몇 번이고 몸을 부딪치기도 했다. 좀비가 이곳에 들어오길 바라는 건지 아니면 그저 몸이 흔들릴 따름인지 짐작하기 어려웠다.

버티고 씨는 코끝을 긁으면서 물끄러미 좀비를 바라보았다. 입에서 흘러내린 액체가 좀비의 발밑에 얼룩을 만들었다.

좀비는 고개가 꺾여 있어 버티고 씨의 눈을 보지 못

했다. 그리고 그 괴물은 알지 못하는 것 같았다. <미스터 버티고>의 출입문이 안으로 미는 것이 아니라 바깥으로 당겨야 한다는 사실을 말이다.

버티고 씨는 잠시 고민했다.

'만약 내가 좀비에 물린다면 어떻게 될 것인가? 내일 아침 첫 손님은 서점에 들어오자마자 기겁할 것이다. 두 마리의 좀비가 우왕좌왕하며 서점을 돌아다니고 있을 테니까. 아내와 두 아이는 어떡한다······.'

버티고 씨는 생명보험 조항을 머릿속에 떠올렸다. 어디에도 가입자가 좀비가 되면 보상받을 수 있는 조항은 없었다. 사실 좀비는 죽지도 살지도 않은 존재이니까.

'사실 죽지 않으려고 존나 버티는 존재가 좀비인 거지.'

버티고 씨는 한번쯤은 소설이 아닌 현실에서 좀비를 만나고 싶었다.

그때 버티고 씨의 아내에게 전화가 걸려왔다. 그녀는 남편이 스스로를 위해 만든 사흘간의 시답잖은 이벤트를 눈감아주었다. 남편이 얼마나 이 작은 서점에 애정을 갖고 있는지 잘 알기 때문이었다.

"여보, 손님이 왔어."

"또 술 취한 진상이야?"

"아니야."

갑자기 수화기 너머로 피식, 웃음소리가 들리는 것 같았다.

"뭐가 문제야? 문을 열어줘. 기다리던 손님 아니었어?"

아내가 말했다. 남편은 승낙을 받았으니 좀비에게 책방의 문을 개방하기로 결심했다. 그리고 잠시 후 좀비가 버티고 씨의 목덜미를 깨물었을 때, 버티고 씨가 한 생각은 이러했다. 이 감촉은 호러의 감촉일까, 스릴러의 감촉일까? 아니면 판타지일까? 좀비의 이빨은 생각보다 푹신했다. 스펀지로 만든 작은 칼날이 자신의 살 속으로 은은하지만 푹 들어오는 것만 같았다. 이 세상에서 느낄 수 없는 저세상의 감촉이긴 했다.

책방의 좀비(1)

10. 치킨과 뜨거운 귀신

1.

비극이었다. 이 세상 누구에게도 뜨거운 감정을 느끼지 못한다는 것은. 인간은 섭씨 36.5도의 항온동물이었다. 하지만 사랑에 빠지거나, 누군가에게 분노할 때 우리는 몸을 꼿꼿하게 세운 코브라나 카멜레온으로 변하는 걸 누구나 알고 있다. 사랑은 감정의 색을 다채롭게 바꾸는 동시에, 낯설고 뜨거운 감정이 두려워 자기도 모르게 독을 품고 목을 빳빳하게 만들기도 했다.

나도 한때 그랬다. 코브라와 카멜레온을 오갔다. 이태원 치킨집에서 함께 닭다리를 뜯던 그녀에게 빠지고, 사랑하고, 헤어질 때까지는 그랬다. 그리고 연인과 헤어진 뒤로는 지글지글 끓는 올리브유 위로 내던져진 카나리아처럼 남몰래 서글프게 울었다. 그 모습을 보고 치킨집 사장은 차가운 귀신을 부르는 법을 소개시켜 주었다.

"하지만 처음부터 이상했어요, 그때도."

치킨집 사장은 여전히 시큰둥한 얼굴로 차가운 생맥주를 들고 있었다.

치킨집 매출은 나날이 떨어졌다. 사장은 여전히 배달앱에 등록하지 않았지만 똥배짱은 아니었다. 물론 치킨집 사장의 아버지가 한남동 꼼데가르송 빌딩의 건물주일지도 몰랐다. 그런 까닭에 닭튀김의 달인으로 살아가는 것 외에 어떤 손해를 보건 "So What"일 가능성이 아예 없다고는 할 수 없었다.

아마 차가운 귀신을 알기 전이라면 그리 생각했을지도 모르겠다. 하지만 지금은 안다. 치킨집 사장이 매출의 급격한 하락에도 저리 담담한 건 다 이유가 있어서였다. 차가운 귀신이 이 배불뚝이 남자의 감정을 얼려 버렸다.

"일 년이 다 되었네요."

나는 치킨 반 마리를 뜯으면서 말했다.

내가 단골이 되는 바람에 치킨집 사장은 영예롭게도 나에게 치킨 반 마리를 하사했다. 나머지 반쪽은 그가 맥주 안주 삼아 뜯어 먹는 듯했다. 프라이팬에 볶아 먹거나, 전자레인지에 데워 먹거나, 아니면 그냥 냉장고에서 꺼내 차가운 채로 아무 맛도 느끼지 못하면서 어금니로 우걱우걱하겠지.

"뭔가를 기다리는 모양이지?"

나는 시큰둥하게 맥주를 원샷했다.

"맥주를 마셔도 취하지를 않네요."

"그건 나도 마찬가지야."

그는 나날이 불룩해지는 냉동창고 같은 배를 두드리며 말했다.

"소개팅을 해도, 정치인의 몹쓸 뉴스를 접해도, 천인공노할 범죄뉴스를 접해도 똑같아요."

"그거야 아쉽지 않아. 하지만 한 가지는 아쉽지. 더이상 취하지 않아. 알코올을 습관적으로 마시지만 더는 아무것도 안 느껴져."

만일 제가 사장님의 뺨을 때려도? 라고, 농담을 걸어볼까 하다가 그의 주먹이 아무래도 거대해 보여 그만두었다.

치킨집 사장은 내 머리 위로 맥주잔을 치켜들었다. 나도 함께 작은 맥주컵을 들었다.

"내일이 2월 22일이에요."

그러고서 나는 한 톤 더 낮추어 속삭이듯 말했다. 누군가 차가운 귀신에게 감정을 빼앗긴 두 남자의 이야기를 몰래 엿듣기라도 하는 듯.

"다시 녀석을 부를 겁니다."

치킨집 사장이 멀뚱멀뚱 나를 바라보았다.

"아…… 차가운 귀신 말인가?"

"입구를 알면, 출구도 알겠죠. 더는 나라는 냉동고에 갇힌 내가 되고 싶지 않아요. 나는 차가운 귀신이 아니라 살아 있는 사람이다, 이겁니다!"

치킨집 사장은 고개만 까닥였다. 그는 별로 내 말에 공감하는 눈치는 아니었다. 우리는 둘 다 냉동인간이었지만 냉동에 대해 느끼는 불쾌감은 각각 다른 듯했다.

"안부 전해주게. 나는 이제 길거리에 나앉아도 아무 불만이 없는 사람이 되었네."

안타깝게도 치킨집 사장은 한 집안의 가장이었다. 다른 가족들은 안타깝게도 차가운 귀신을 만나지 못했다. 어쩌면 치킨집 사장은 곧 집에서 쫓겨나 길거리를 배회하며 돌아다닐지도 몰랐다. 하지만 그러거나 말거나 상관없었다. 상대방의 비극에 대해 아무런 감정을 느끼지 못할 만큼 나는 이미 냉혈한이었다. 감정의 굴곡이 사라지고 서론, 본론, 결론 같은 논문으로 바뀌어버린 삶이었다. 시체닭이 알바를 하면 모를까, 감정이 냉동된 채 남은 생을 살고 싶지는 않았다.

나는 남은 닭뼈를 모두 챙겼다. 2월 22일에 차가운 귀신을 불러내기 위한 미끼였다.

2.

"또 나를 불렀군."

차가운 귀신은 여전히 내 집 거실에서 팔짝팔짝 뛰었다. 일 년 만의 만남이었지만 이제는 그런 꼴이 무섭기는커녕 우습지도 않았다. 차가운 귀신은 뛰면서도 용케 닭뼈를 하나씩 집어 오독오독 씹어 먹었다.

"그대, 아직도 뜨겁단 말인가?"

"아뇨, 아주 차갑습니다."

"그럼, 뭐 어쩌라는 거야? 소원대로 된 거잖아?"

차가운 귀신은 놀란 듯이 제자리에 펄쩍 뛰었다.

"귀신님, 선물을 준비했습니다."

나는 그의 호감을 사기 위해 그동안 냉동실에 대량의 닭뼈를 보관해온 차였다. 그것을 모두 내어놓자 차가운 귀신의 퍼런 입술이 귀에 걸렸다.

"뭐, 이런 대접을 할까나. 아하, 이제 내 자리를 노리겠다고! 이 사람아, 산 사람이 아무리 냉혈한이라도 차가운 귀신이 될 수는 없는 거야."

농담까지 할 만큼 차가운 귀신은 만족스러운 미소를 지었다.

나는 그동안 많은 고민을 했다. 귀신을 가두는 법, 귀신을 협박하는 법, 귀신에게 원하는 것을 얻어내는 법. 결론은 그것밖에 없었다. 산 사람은 귀신을 이길 수 없다. 나는 무릎을 꿇고 냅다 엎드렸다. 그 바람에 놀랐는지 차가운 귀신은 허둥대다 자빠질 뻔했다.

마음 같아서는 통곡이라도 하고 싶었다. 하지만 이

미 나는 냉혈한의 심장, 눈물 대신 차가운 콧바람만 획 획 나올 따름이었다. 차가운 귀신은 물끄러미 나를 지켜보았다. 물론 발이 시려서 연신 두 발로 바닥을 탁탁 차기에 여전히 경망스러워 보이기는 했다. 나는 그에게 내가 원하는 소원을 말했다.

"이상하군. 왜 다시 힘들었던 옛날로 돌아가려 하지."

"힘든 게 아니라 평범한 감정을 지닌 사람으로 돌아가고 싶을 따름이죠."

차가운 귀신은 잠시 아무 말도 하지 않았다. 내 지저분한 원룸 바닥으로 차가운 냉기가 스며들었다. 차가운 귀신의 냉기가 살갗에 닿자 나는 그날의 체험이 떠올랐다. 실연의 고통을 담은 심장이 쇠공처럼 무감각하고 느리게 통통거렸다. 그 후로 내 심장은 나날이 무거운 쇠공으로 변해갔다. 이제는 누군가 내 옆에서 죽는다 해도 아무 감정도 느끼지 못할 것만 같았다.

"나는 방법을 몰라. 하지만 뜨거운 귀신에게 가는 방법은 알려줄 수 있어."

"그 귀신은 몇 월 며칠에 오나요? 모든 감정이 팔팔 해지는 팔월 팔일인가요?"

"뜨거운 귀신은 인간 세계에 찾아오지 않아. 직접 찾아가야 하지."

차가운 귀신은 두 팔로 날갯짓을 하더니 공중으로

올라가 천장에 쩍 들러붙었다. 나는 고개를 들어 그를 바라보았다. 푸르스름함과 보랏빛이 섞인 그의 살갗은 이 세상 것 같지 않게 아름다운 동시에 역겨웠다. 차가운 귀신은 눈을 감고 온몸을 부르르 떨더니만 혓바닥을 길게 내밀었다. 혓바닥이 내 옆으로 다가오자 나는 움찔, 뒤로 물러났다.

"지금 뭐하는 거죠?"

그다음 말은 차가운 귀신이 어버버, 하는 바람에 제대로 알아듣기 힘들었다. 다만 대략 해석해 보면 네가 처음이야 그래서 도움을 주겠다 정도였다. 신기하게도 감정의 냉동에서 해동을 원하는 인간이 내가 처음이었던 모양이었다. 다들 감정이 냉동된 상태를 더 편하게 여기는 듯했다.

차가운 귀신의 혀가 추릅추릅, 내게 다가왔다. 팔뚝에 차가운 귀신의 침이 튀어 나도 모르게 비명을 지르고 말았다. 드라이아이스 한 점을 맨살에 척 올려놓은 것만 같았다. 하지만 나는 본능적으로 그 혀를 잡아야 뜨거운 귀신에게 갈 수 있다는 사실을 깨달았다. 두 눈을 질끈 감고 나는 팥죽색에 종기만 한 돌기가 돌돌 돋은 혀를 움켜쥐었다. 두 손바닥을 타고 차가운 전류 같은 것이 흘러들었다. 그러더니 그 혀가 나를 말아 쥐었다.

아, 나, 큰, 다.

그 순간에 내가 떠올린 단어는 그 한마디였다.

3.

그곳은 열기로 후끈후끈했지만 사막은 아니었다. 바닥에 발을 디딜 때마다 아래로 푹 꺼졌다가 다시금 슬그머니 위로 올라왔다. 열기에 탄성이 사라진 스펀지 같은 지면이었다. 그곳을 걷다보면 언젠가 뜨거운 귀신을 만난다고 했다.

뜨거운 귀신은 아주 거대했다. 실은 내가 발을 딛고 있는 곳이 뜨거운 귀신의 허벅지, 옆구리, 혹은 귓바퀴일 수도 있었다. 나는 이곳에서 뜨거운 귀신이 내 존재를 알아차릴 때까지 계속해서 걷고 달리며 꼬집었다. 뜨거운 귀신이 달릴 때는 온 세상이 흔들려서 정신을 차릴 수가 없을 정도였다.

내가 지치면 어디선가 차가운 귀신의 목소리가 들려왔다.

"그대, 아직 살아 있나?"

"살아 있다고요!"

나는 그렇게 큰 소리를 질렀지만 차가운 귀신은 대답하지 않았다.

신기하게도 지치고 목마르고 배가 고팠지만 나는 죽지 않았다. 배터리 총량이 15퍼센트에서 멈춘 휴대폰 같은 상태로 계속해서 시간이 흘렀다. 생각해 보니, 이곳은 뜨거운 귀신의 몸이었고 나는 환영에 홀려 시간 감각을 잃었는지도 몰랐다.

내가 나비인지, 사람인지 장자의 호접몽까지는 아니더라도 나는 내가 인간의 땅 위에 서 있는 건지, 귀신의 혼령 같은 기운 아래 누워 있는지 헷갈릴 때가 있었다. 며칠을 목이 마른 상태로 걸었을까? 그러다 나는 드디어 누군가를 만났다.

그녀였다. 나의 옛 연인.

"여긴 어떻게 온 거야?"

"너는 어떻게 여기에 있는 건데?"

"누군가 나를 이곳에 버렸어."

그녀는 멍한 눈으로 나를 바라보았다.

누군가 차가운 귀신에게 나의 옛 연인을 납치하라고 시킨 걸까?

나는 이상하게도 뜨거운 귀신의 세계에서는 더 이상 냉동인간은 아니었다. 우리는 손을 맞잡았고 나는 얼어붙은 심장이 용암을 쏟듯 고동치는 것을 느꼈다. 우리는 태연하게 포옹하고, 뜨거운 귀신의 몸체 위에서 함께 뒹굴었다. 그녀가 내 귀에 속삭이는 소리가 들렸다.

"여기가 어디든 상관없어. 우리가 지금 함께 있으니까."

그건 내가 듣고 싶고 하고 싶은 말이기도 했다. 우리

가 헤어진 데에는 다분히 현실적인 요소들이 있었다. 그제야 나는 지금 내 앞에 있는 그녀에게 사라진 것이 무엇인지 알 수 있었다. 그것은 그녀가 늘 가지고 있던 현실감이었다. 어떻게 살지, 무엇을 위해 살지, 어떤 방식으로 살지에 대한 고민 같은 것들.

그 순간 하늘의 달이 그림자 지는 것 같더니 우리를 바라보았다. 그것은 달이 아니라 커다란 눈동자였다. 내가 아는 눈동자, 산 사람의 눈이 아닌 귀신의 눈동자. 그리고 내가 아는 귀신은 차가운 귀신밖에 없었다.

"당신 나를 속인 거야!"

어디선가 내 귓가에 차가운 귀신의 목소리가 들렸다.

"아니야, 너를 내 안에 집어넣었어. 나는 차가운 귀신이고 내 안에 있던 더 커다란 몸은 뜨거운 귀신이지."

나는 이해할 수 없었다. 겉은 차갑고, 속은 뜨거운 귀신이라니. 겉은 지극히 차가운데, 속은 지극히 뜨겁고도 또 넓은 스펀지의 꼴이라니. 하지만 더 이해할 수 없는 건 내가 사랑했던 그녀가 뜨거운 귀신의 몸속에 함께 있는 것이었다.

"도대체 왜 그녀가 여기에 있어? 이건 내 환영이야."

그 순간 고개를 돌렸더니 그녀가 바닥에 주저앉아 울고 있었다. 그녀는 무언가를 기억해낸 듯했다.

"아, 나는 내가 아니야."

"무슨 소리야. 왜 네가 아니야."

나의 그녀도 종종 혼자 이태원의 치킨집을 찾았다고 했다. 그녀 역시 치킨집 사장의 소개로 차가운 귀신을 만난 것이었다.

"그럼, 너도 나처럼 감정을 해동시키기 위해 이곳에 온 거야?"

그녀는 고개를 내저으며 나를 바라보았다.

"아니, 나는 차가운 귀신에게 내 감정을 냉동시켜 달라고 하지 않았어. 너를 사랑했던 나를 도려내 달라고 부탁했어. 그랬더니 차가운 귀신이 나를 덥석 깨물었어."

그랬다. 내가 사랑했던 그녀는 내가 사는 세상에 없다. 그리고 나를 사랑했던 그녀와 이 안에 있는 나는 앞으로 어떻게 될지 알 수 없다.

그녀와 나는 먹먹한 얼굴로 서로를 마주보았다. 나는 내가 사랑했던 그녀를 만나 먹먹했다. 하지만 뜨거운 귀신 속의 그녀가 내 감정과 같은지는 알 수 없었다. 어쩌면 그녀는 그녀를 도려낸 그녀를 떠올리며 먹먹해하고 있는지도 몰랐다. 그때 저쪽에서부터 거대한 핑크빛의 모래폭풍 같은 것이 우리를 향해 밀려왔다. 그 바람에 화들짝 놀란 나는 어디론가 날아갔다.

눈을 떠보니 침대 위였다. 시트를 손으로 쓸었더니 땀에 흠뻑 젖어 있었다. 차갑고 축축한 땀이었다. 내 몸

에서 이렇게 차가운 물이 쏟아져 나온다는 게 이상할
정도였다. 나는 가슴에 손을 얹었다. 심장은 차가운 귀
신을 다시 만나기 전보다 훨씬 빠르게 움직이고 있었
다. 하지만 그 뜀박질 땜에 울컥, 하는 기분마저 들었다.
어쩌면 그 차가운 물은 내 몸이 아닌 차가운 귀신이 얼
려버린 영혼이 녹으면서 흘러내린 것일지도 모르겠다
싶었다.

그 후 나는 우연히 지하철역 플랫폼에서 옛 연인과
만났다. 습한 7월의 어느 날이었다. 뜨거운 귀신의 세상
처럼 도시의 공기는 후텁지근했다.

우리는 서로를 마주보았다. 나는 조금 가슴이 두근
거렸지만 설레는 감정은 아니었다. 그녀는 그냥 나를
보고 웃었는데, 그 웃음이 어떤 의미인지 알 수 없었다.
그 미소에서 아무 감정도 느껴지지 않아서였다. 나는
그녀 옆으로 다가가 말을 붙였다.

"너를 봤어."

11. 책방의 좀비(2)

　버티고 씨는 자신이 좀비들에 대한 몇 가지 편견을 가지고 있다는 걸 깨달았다. 어쩌면 버티고 씨가 좀비 영화를 너무 많이 보았기 때문인지도 몰랐다. <살아 있는 시체들의 밤>부터 <28일 동안>에서 최근 <부산행>까지 그는 한쪽으로 목을 꺾고 우르르 몰려드는 존재가 생각 없는 좀비라고 알고 있었다. 하지만 좀비에게는 어느 정도의 지성이 있었다. 버티고 씨 스스로가 그 사실을 증명하는 좀비였다.

　그는 서점 구석에 웅크리고 앉은 채 혈관을 타고 스며드는 불길한 기운을 느꼈다. 몸속의 혈액이 액체에서 기체로 변해가는 기분이었다. 아들의 생일파티 때 헬륨가스 풍선을 마신 적이 있는데 그때와 비슷한 기분이 들었다. 다만 헬륨가스는 우스꽝스러운 목소리를 만들어내지만 좀비가스는 그의 목구멍에서 그르렁대는 비명만이 흘러나오게 할 따름이었다.

버티고 씨는 그르렁대며 방금 전 자신의 목덜미를 물어뜯은 좀비를 염탐했다. 놀랍게도 좀비는 또 다른 인간을 찾아가는 대신 서가로 갔다. 얼굴을 가까이 대고 큼큼대며 수많은 책들의 냄새를 맡았다. 그러고서 책방의 좀비는 책 한 권을 집어 들고—성석제의 『내 인생의 마지막 4.5초』였다—입으로 가져갔다. 처음에 버티고 씨는 좀비가 책에 묻은 사람들의 체취를 잘못 맡고 종이를 먹으려나 싶었다. 하지만 좀비는 입술로 책장을 펼치고서 머리를 그곳에 묻었다. 그러고서 좀비는 울음도 웃음도 아닌 이상한 소리를 냈다.

버티고 씨는 깨달았다. 좀비는 무작정 이 한밤중에 문을 연 〈미스터 버티고〉를 찾아온 것이 아니었다. 어딘가에 서점이 있기를, 그 서점에서 책을 발견하기를 바랐던 것이었다. 하지만 좀비가 책을 읽을 수 있는지 없는지 그것은 알 수 없었다. 다만 버티고 씨를 물어뜯은 좀비는 사람의 살점만큼이나 문장이 쓰인 종이를 그리워하는 듯했다.

버티고 씨는 직접 책을 읽어볼까 싶었다. 아직 글자를 읽을 수 있는지 궁금해지기도 했다. 지성에 대한 지각이 남아 있는 것과 인간으로서의 지성이 남아 있는 것은 전혀 다른 것이었으니까. 하지만 서점 한구석에

모로 쓰러진 그는 몸을 가누기가 쉽지 않았다. 아마도 인간에서 좀비로 변해가는 중에는 의식만 남은 채 마비상태에 이르는 듯했다. 실제로 그는 몸 마디마디가 뻣뻣해져가는 걸 느꼈다. 좀비가 되기보다는 인간에서 상수리나무나 미루나무로 변해가는 듯했다.

책방의 좀비는 성석제의 책을 덮은 후에 다시 서가 주위를 배회했다. 좀비는 크럭크럭, 소리를 내더니 손을 뻗어 서가 위쪽에 진열된 책에 손을 뻗었다. 그 책자들은 <미스터 버티고>에 얼마 되지 않는 철학서적들이었다. 플라톤의 『향연』부터 시작해, 스피노자, 니체나 헤겔은 물론 푸코나 바타이유의 저서까지 한 권씩만 구비해두었다.

<미스터 버티고>에서 서양철학 서적을 찾는 사람은 없었다. 버티고 씨 역시 니체의 『자라투스트라는 이렇게 말했다』를 몇 장 읽다 하품이 나와서 덮은 기억밖에 없었다. 버티고 씨가 끝까지 읽은 서양철학서는 마르크스의 『공산당 선언』이 전부였다. 그것도 읽고 싶어서라기보다 그가 공부했던 대학의 학과에서 암암리에 필수적으로 읽어야만 하는 서적이었다. 지금 그가 기억나는 건 이 한 문장 정도밖에 없었다.

하나의 유령이 유럽을 배회하고 있다.

그리고 버티고 씨의 서점 안에서는 한 마리 좀비가 계속해서 서양서적 서가 앞에서 깡충깡충 뛰며 팔을 뻗었다. 좀비는 잡히는 대로 서양철학 서적을 모두 바닥에 패대기쳤다. 무언가 찾고 있는 책이 따로 있는 것이 아닐까 싶었다. 버티고 씨는 좀비가 찾는 것이 혹시 마르크스의 책은 아닐까 추측했다. 하지만 <미스터 버티고>에 마르크스의 책은 없었다.

버티고 씨가 마르크스의 책을 들여놓지 않은 건 특별한 이유가 있어서는 아니었다. 어차피 버티고 씨에게 서양철학 서가는 허영의 공간 같은 곳이었다. 손님들의 손이 잘 닿지 않는 그곳에 그는 본인이 평생 읽을 일은 없지만 알고는 있는 철학자의 책들로 채워 넣었던 것이었다. 하지만 좀비의 손에 그 허영의 탑이 무너지는 걸 보고 있자니 버티고 씨의 마음은 착잡했다. 그리고 분노의 감정은 좀비로 변해가는 그를 금방 불타오르게 했다.

나름 버티고 씨는 한국에서 얄팍한 히피즘을 간직한 소시민이라고 생각했다. 하지만 좀비로 변해가는 과정의 그는 달랐다. 순식간에 분노의 불씨가 번져 온몸이 불타오르는 듯했다. 그 순간 버티고 씨는 잠시 인간을 잃었다. 블랙아웃. 알코올이 아닌 좀비의 바이러스를 통한 블랙아웃이었다.

정신을 차려보니 버티고 씨는 책방의 좀비를 물어뜯

고 있었다. 두 좀비는 그르렁대며 서로를 밀치고 떠밀었다. 그 순간 버티고 씨는 인간의 이성이 남아 있는 자아가 드론처럼 하늘에 둥둥 떠 좀비가 된 그를 바라보고 있는 것만 같은 기분이 들었다. 좀비가 된 몸으로 책방의 좀비와 싸우는데, 그 좀비를 인간의 지각으로 바라보았다. 마치 스스로가 3인칭 좀비 관찰자가 된 것 같았다.

그때였다. 책방의 좀비가 버티고 씨를 떠미는 바람에 서가 위의 책들이 바닥으로 내팽개쳐졌다.

'흠, 저 책을 정리하려면 시간이 꽤 걸리겠는걸'

아직 남아 있는 인간의 지각이 그 현장을 바라보며 생각했다.

한국문학과 일본 추리소설과 그가 좋아하는 남미의 소설들이 우르르 떨어졌다.

'마르케스가 한국에 와서 이 장면을 목격했다면 어떻게 묘사했을까?'

오우, 한국의 마콘도에는 좀비가 등장하는군요.

버티고 씨는 서가에서 몸을 일으켜 발차기를 하려다 멈칫했다.

'잠깐, 저 새끼 뭐 하는 거야?'

책방의 좀비는 더는 버티고 씨를 공격하지 않았다. 대신 바닥에 쪼그리고 앉아 책장을 찢어서 입안에 밀어 넣기 시작했다. 읽지 못하면 먹기라도 하려는 듯이.

버티고 씨는 서재 위에서 납작 엎드린 채로 책방의 좀비가 하는 꼴을 지켜보았다.

안타깝게도 좀비란 인간의 살점은 삼켜도 인간의 지식을 삼킬 수는 없는 존재였다. 좀비는 체액에 젖은 종이들을 삼키지 못하고 그대로 바닥에 떨어뜨렸다.

좀비가 되어가는 버티고 씨를 바라보는 버티고 씨의 지성은 좀비가 지성을 가지고 있다는 생각에 대해 다시 고민했다.

그래, 책방의 좀비가 지성을 가지고 있을 수도 있다. 하지만 그저 과거의 습성이 남아 있는 것일지도 몰랐다. 지금 그의 눈앞에 있는 좀비는 과거 문학애호가였거나, 아니면 소설가였을 가능성도 존재했다. 혹은 그의 서점에 들락거리던 단골 중 한 사람이거나.

<미스터 버티고>의 단골 대부분이 문학애호가였다. 그중 몇몇은 책을 집필한 작가거나 해외문학을 번역한 번역가들이었다. 고양시를 중심으로 몇 시간 사이에 좀비들이 창궐했다면 늦은 밤 편의점이나 술집 주변을 어슬렁대던 단골들이 좀비로 변했을지도 몰랐다. 그리고 그들은 좀비가 되어서도 습관처럼 <미스터 버티고>로 발걸음을 옮겼을 것이다. 그리고 역시 관습적인 방식으로 소설책을 물어뜯었을 것이다.

'어쩌면 다들 책을 읽고 싶은 게 아니라 물어뜯고 싶었는지도 몰라.'

그것이 버티고 씨의 마지막 자각이었다. 삼 분 후에 서점의 주인은 완전한 좀비로 변해버렸다. 그사이 버티고 씨에게 전화가 한 통 걸려왔다. 아내에게 걸려온 전화였다.

다음 날 11시경 <미스터 버티고>로 손님이 찾아왔다. 전날 찾아왔던 SF소설 마니아 단골손님이었다. 그녀는 오늘은 손톱에 보라색 매니큐어 대신 초록색 매니큐어를 발랐다. 어젯밤 책방에 들어온 좀비의 피부색과 같은 초록이었지만 훨씬 밝고 상큼했다.

엉망으로 변한 서점 한가운데에 한 사람이 손님용 의자에 앉아 있는 것을 보았다. 흰색 티셔츠에 회색 카디건을 걸친 그녀와 비슷한 나이의 단발머리 여성이었다.

"사장님은 자리에 안 계신가요?"

그녀는 퀭한 눈으로 엉망이 된 주변을 둘러보더니 대답했다.

"네, 남편이 새벽에 전화통화를 끝으로 사라졌어요. 서점 문을 닫기 전에 이벤트로 밤샘 영업을 하고 있었거든요."

"아, 버티고 씨가 무언가 이벤트를 하긴 했군요."

사실 SF 마니아 단골은 그녀가 주문해 놓은 책을 찾기 위해 들른 것이었다. 하지만 이곳에 앉아 있는 버티고 씨의 아내를 보고 있자니 차마 발길이 떨어지지 않았다.

"저는 여기 단골이에요. 남편분의 서점을 참 좋아했어요."

버티고 씨의 아내는 힐끔 그녀를 바라보았다.

"그렇다니 다행이네요. 하지만 저는 남편이 평범한 직장 생활을 그만두고 서점을 차리는 게 기쁘지 않았어요."

"세상에, 여기 이 서점을 사랑하는 단골들이 얼마나 많았다고요."

그녀는 어느새 의자를 끌어당겨 버티고 씨의 아내 옆에 자리를 잡고 앉았다.

SF 마니아는 자신이 얼마나 이 서점을 아끼는지 설명했다. 그리고 그녀 외에도 적잖은 사람들이 이곳이 사라지는 걸 아쉬워한다는 사실을 알려주었다.

"맞아요, 하지만 사랑받는 서점이 된다고, 사랑받는 맛집처럼 성공하는 건 아니니까."

버티고 씨의 아내가 시큰둥한 표정으로 말했다. 상대의 위로가 전혀 고맙지 않다는 듯.

하지만 SF 마니아는 그런 버티고 씨의 아내가 밉지 않았다. 사실 SF 마니아는 버티고 씨에게 고백한 적은 없었지만 추리소설 작가였다. 그녀가 애독하는 책은 SF였지만 척박한 한국의 SF 시장에서 추리물로 전향

한 것이었다. 그리고 그녀의 책에는 시큰둥한 말투와 표정으로 사건을 해결하는 전직 여경 출신의 탐정이 등장했다. 버티고 씨의 아내가 하는 말투가 딱 그녀가 쓴 소설의 주인공과 비슷했다.

"버티고 씨가 어젯밤에 전화를 받고 뭐라 하셨어요?"

버티고 씨의 아내는 SF 마니아를 바라보았다. 그러다가 나직한 목소리로 말했다.

"말을 하지 않았어요. 비명을 질렀어요."

"비명이요?"

SF 마니아는 〈미스터 버티고〉의 내부를 휘 둘러보았다. 난장판이 된 서가, 바닥에 굴러다니는 수많은 책들. 하지만 어디에도 혈흔은 존재하지 않았다. 다만 눈에 띄는 것은 찢겨지고 물어뜯은 것 같은 낱장의 종이들이었다.

'누군가 이곳에서 책을 뜯어 먹은 거야! 그렇다면 버티고 씨는 어젯밤에 책을 뜯어 먹은 손님과 싸웠다는 건데…… 반려견을 데리고 온 손님인가? 버티고 씨는 지금 개한테 물려 병원에 입원한 건가?'

"비명이라고 말하기는 좀 그렇군요."

갑자기 버티고 씨의 아내가 미간을 찌푸리며 말했다. 화장기 없는 버티고 씨의 아내의 얼굴이 얇은 종잇장 같은 느낌이었다. 순간 SF 마니아는 심장이 덜컥 내려앉는 것만 같았다. 그녀가 썼던 추리소설 속 여주인공이 짓는 표정과 똑같아서였다.

"그건 뭐랄까, 영화에 나오는 소리 같았어요. 낮은 소리로 그르렁……."

"그르렁, 그르렁이라……."

SF 마니아가 앉은 자리에서 벌떡 일어났다.

"어젯밤에 들어온 손님이 큰 개를 끌고 왔군요!"

그녀는 그 말을 하는 순간 바닥에 떨어진 아주 작은 얼룩을 보았다. 그 얼룩의 빛깔은 그녀의 매니큐어 색깔과 같은 초록이었다. 하지만 아주 불쾌하고 기분 나쁜 채도의 초록이었다. 생명이 부식하고 썩어갈 때의 그 빛깔, 초록.

12. 복원작업

내가 아랫집에 사는 이웃을 방문한 건 무더위가 찾아오기 얼마 전이었다. 이유는 딱히 모르겠지만 한낮에 잠깐씩 열어두는 창문으로 비명이 들려온 것이었다. 처음에는 그것이 앓는 소리인지 긁는 소리인지조차 파악하기 힘들었다.

그저 불쾌하게 득득거리는 소리가 들렸을 따름이었다. 뼈를 긁어내는 소리 같다고 여겼지만 뼈를 긁는 모습을 본 적은 당연히 없고 그 소리조차 들은 적도 없으니 그저 상상에 불과한 것이었다. 하여간 그마저도 집안이 고요해야 들리는 소리였다. 나 역시 우연히 칼같이 퇴근하지 않았다면, 그리고 텔레비전을 틀지 않고 거실에 눕지 않았으면 몰랐을 소리였다.

저녁 일곱 시도 채 되기 전 거실에 누워 눈을 감고

있는데 무언가 득득, 소리가 들렸다. 나는 무시하고 휴대폰을 꺼내 내게 온 카카오톡 메시지를 확인했다. 분명 진동이 느껴졌는데 아무런 메시지도 오지 않았다.

가끔 착각할 만큼 휴대폰 진동음이 들려올 때가 있기는 했다. 위층인지 아래층인지는 알 수 없었지만 그런 상황이 있는 것이다. 나는 첫날은 무시하고 그냥 일어나서 텔레비전을 틀었다. 하지만 다음 날 퇴근 후에 집으로 들어오자 의식적으로 창문을 열고, 의식적으로 바닥에 누웠다. 한참을 그렇게 있었더니 등줄기 곳곳에서 빳빳한 전깃줄이 일어서는 것만 같았다.

역시나 이번에도 득득거리는 긁는 소리가 들렸다. 한참 들어보니 그것은 소음이 아니라 사람, 혹은 고통받는 짐승이 목으로 갸르릉대는 소리와 흡사했다. 나는 이번에는 의식적으로 바닥에 귀를 대고 귀 기울여 보았다. 역시나 뼈 긁는 소리가 들려왔다.

나는 몸을 일으키고는 꽤 오랜 시간 엉덩이를 치켜든 채 바닥에 귀를 기울였다. 진동이 멈추자 불쾌한 소음도 멈췄다.

'창밖에서 들려오는 소리와 바닥을 타고 올라오는 진동 사이에 과연 어떤 연결고리가 있는 걸까?'

나는 너무 오래 엉덩이를 치켜든 채로 있어 쑤셔오는 허리 통증을 느끼며 거실 안을 맴돌았다.

다음 날에는 아예 아파트 앞 경비실에 들렀다.

"아저씨, 아래층에서 이상한 진동 같은 것이 느껴져요."

"아파트가 워낙 낡았습니다."

아저씨는 퉁명스럽게 대답했다.

이 아파트 경비 아저씨는 퉁명과 친절 두 분이 번갈아 앉아 있었다. 아, 먹먹도 있었는데, 그분은 워낙 연로하셨고 아파트 주민들이 무슨 말을 하든지 두 눈만 껌빽였다. 그래서 나는 무언가 물어볼 사항이 있을 때는 주로 친절 아저씨에게 물었다.

"너무해요, 녹물이 똥물 같아요."

이런 말을 하면 친절 아저씨는 밤 아홉 시에는 수돗물을 틀지 말라고 했다. 무슨 이유인지 모르지만 그 시간이면 노후한 아파트의 수도관에서 녹물을 쏟아낸다고. 반면 퉁명 아저씨에게 물어보면 언제나 똑같은 대답이었다.

"아파트가 워낙 낡았습니다."

그때도 마찬가지라서, 나는 그냥 돌아갈까 멈칫거리다 다시 한마디 했다.

"아래층에서 이상한 소리도 올라온다고요!"

내가 은근히 험악한 표정을 지었던 걸까? 퉁명 아저씨는 눈썹을 찡그리고 힐끔 나를 보았다.

"혹시 비명은 못 들었소?"

"아…… 거기까진."

나는 아저씨에게 비명까지, 들리느냐고 묻고 싶었지만 그럴 수 없다. 퉁명 아저씨가 입술을 쑥 내밀고 특유의 퉁명한 표정으로 종이신문을 펼쳐 읽기 시작해서였다.

며칠 후 늦은 밤 아파트 공동현관으로 들어서는데, 누군가 나를 쳐다보는 기분이 들었다. 휙 고개를 돌렸더니만, 경비실 안의 퉁명이 딴청을 부리고 있었다. 내가 엘리베이터 버튼을 누르자 그제야 그가 재빠르게 경비실 밖으로 나왔다.

"확인해 봤소?"

"뭘요?"

"비명 소리."

나는 고개를 내젓고 퉁명의 얼굴을 빤히 바라보았다. 퉁명의 주름진 붉은 목으로 땀이 삐질삐질 흘러내렸다. 이마와 숱이 얼마 없는 머리카락에도 마찬가지였다. 아침저녁으로 선선한 9월의 밤이었다.

"아저씨, 뭔가 알고 계시죠."

퉁명은 입술을 꾹 다물고 있다가 엘리베이터가 공동현관으로 내려오자 먼저 안으로 들어섰다. 내가 25층 버튼을 누르자 퉁명은 24층 버튼을 눌렀다.

"역시 24층 위에 사는구만."

"그 아래층에서 왜 이상한 소리가 들리는 겁니까?"

"정확히 2406호라네. 지난달에 이사 온 사람들이 좀

수상했지. 남자 둘이 같이 살더군."

나는 잠시 통명을 뜨악한 눈으로 바라보았다.

"그런데 매번 올 때마다 각각 다른 여자들을 데려오더군."

"그 두 사람이요?"

"한쪽은 덩치가 크고, 다른 한쪽은 깡말랐는데 둘이 닮은 점이 있더라고."

"어디가 비슷했습니까?"

"입은 웃고 있는데, 눈이 식어 있었네."

그리고 우리는 24층에 올라갈 때까지 아무 말도 하지 않았다. 나는 식은 눈이란 게 어떤 눈인지 잠시 생각해 보았다. 회사에서 만나는 사람들, 버스 안이나 지하철 에스컬레이터에서 마주치는 사람들, 그들의 눈과 별 차이점이 없는 것도 같았다.

"마침, 한 15분 전에 깡마른 쪽이 한 여자를 데리고 엘리베이터에 타는 걸 봤지. 그녀도 눈이 식어 있었네."

우리는 24층에서 내려 허름한 복도를 걸었다. 2406호는 복도의 오른쪽 끝 집이었다. 문득 우리는 무슨 이유로 이곳까지 와 있는지 궁금해졌다. 나는 고개를 돌려 까마득한 아래를 내려다보았다. 주차장의 차들과 쓰레기장, 놀이터의 풍경 모두가 아주 멀어 보였다. 어쩌면 이 아파트에서의 삶이 그러할지도 몰랐다. 이웃이지만 손을 잡을 수 없는 이웃이 살아갔다. 특히 나처럼 독신

남성이거나 종교가 없어 미미한 사회적 교류도 없는 이들은 더욱 그럴 터였다.

그때였다. 퉁명이 초인종을 누르고 쿵쿵 문을 두드렸다.

"아니, 다짜고짜 왜 그러세요?"

내가 작은 소리로 퉁명에게 말했다.

"저기, 경비실에서 왔습니다. 위에서 층간소음 때문에 신경이 쓰인다는 신고가 들어왔어요."

어이없게도 퉁명이 나를 보고 살짝 윙크했다.

아저씨는 보안관이 아니라 경비원이라고요, 라고 말하려다 나는 꾹 참았다. 사실 나도 궁금하기는 했다. 그 들도 보도 못한 불쾌한 소리의 근원이.

하지만 아무리 두드려도 잠긴 문은 열리지 않았다. 나는 내려갈까요, 라고 말하려다 무슨 용기가 났는지 주먹으로 힘껏 문을 두드렸다.

"저기요, 어젯밤에 제가 한숨도 못 잤어요. 여기서 도대체 뭘 하는 겁니까? 뼈를 깎는 겁니까?"

말해놓고도 아차, 싶었다. 뼈를 깎는다니, 원.

그런데 곧바로 슬그머니 문이 열렸다. 한 여자가 고개를 내밀었다. 화장을 다 지웠는지 눈 밑이 칙칙한 갈색이었다. 펌을 한 지 오래인 듯 푸시시한 긴 머리카락이 목덜미를 덮었다. 여자는 푸시시한 머리카락을 쓸어내리며 윗니로 아랫입술을 깨물더니 잘근잘근했다.

눈앞에 미친 토끼가 있는 걸까? 그녀는 나를 노려보다 고개를 갸웃거렸다.

"이상하다. 어떻게 알았대? 들어오세요."

여자를 따라 들어간 아파트 안은 불쾌한 냄새에 절어 있었다. 구역질이 치밀어 그대로 뛰쳐나가고 싶은 냄새였다. 한 번도 맡아본 적은 없지만 시취가 그러할 것 같았다.

16평 아파트는 작은 방 두 개에 거실 겸 주방이 있는 구조였다. 깡마른 남자는 빤히 우리를 바라보았다. 남자는 겁먹은 눈치였다.

"괜찮아요, 댁의 형님을 훔치러 온 건 아니니까."

여자의 말에 남자는 그제야 맥없이 고개를 끄덕였다.

구역질나는 냄새의 원인은 뼈에 붙은 썩어가는 살점들이었다. 각각의 다른 뼈가 큰 방을 차지하고 누워 있었다. 누워 있다고 말하기는 좀 그랬지만 그랬다. 그것은 하나의 뼈는 아니지만 하나의 형상을 채워가고 있는 중이었다. 바로 180센티미터쯤 되는 키의 성인 남자 골격이었다. 다만 아직 머리와 오른쪽 어깨 일부가 만들어지지 않았다. 대신 머리 부위에는 한 남자의 얼굴 사진이 있었다. 사진은 제법 크기가 컸다. 영정사진 정도의 크기였던 것이다.

나는 손바닥으로 입을 막고 그 모습을 보았다. 뼈에

붉은 살점 썩는 냄새를 참기가 힘들었다. 젠장, 그리고 이 황당한 공간에 들어온 사람은 나 혼자였다. 내가 침실 쪽으로 향하자마자 퉁명은 헛구역질을 하면서 현관 밖으로 뛰쳐나가고 말았다.

"영감님이, 비위가 약하신가 보네요."

나는 시큰둥하게 말했다.

깡마른 남자가 물끄러미 나를 바라보았다.

"경비 아저씨는 형님을 보았을 겁니다."

나는 퉁명이 말했던 두 남자 이야기가 떠올랐다.

"형님의 임종을 지킨 사람이 납니다. 가족들이 모두 형님을 외면했죠. 하지만 내가 한창 어려울 때 도와준 분이라 외면할 수가 없었죠. 그런데 이제는 나도 형님을 떠나보낼 수밖에 없네요. 내 옆에 있는 죽은 사람의 혼이 다른 사람의 눈에 보일 정도로 짙어졌으니까요."

퀭한 얼굴의 여자가 무심한 얼굴로 뼈로 만든 형님 앞에 털썩 주저앉았다. 그녀는 커다란 롯데면세점 비닐 가방 안에 담긴 검정봉지를 꺼내 풀어헤쳤다. 그 안에서 썩은 살이 너덜너덜 붙은 동물 뼈들이 나왔다. 여자는 날카로운 금속성 도구를 가지고 뼈에 붙은 썩은 살들을 긁어내기 시작했다. 그러니까 평범하게 살아가는 내 집 아래층에서 이런 해괴한 일이 벌어지고 있던 거였다.

"다음에는 드릴로 뼈를 다듬겠네요."

내 말을 듣고 여자가 피식 웃었다.

"이런 층간소음은 처음입니다."

"미안해요. 산 사람에게 들러붙은 죽은 사람의 정을 떼어내는 최소의 에너지가 드는 방법이 이거니까."

여자의 퉁명스러운 목소리와 '최소의 에너지'라는 표현의 조화가 뭔가 부조리하게 다가왔다.

여자는 담담하게 뼈를 다듬었다. 소의 넓적다리뼈를 가지고 인간의 두개골 뼈에 어울리는 모양을 만들어가고 있었다. 과연 세상에는 기괴하게 미친놈과 그 미친놈을 등치며 사는 미친년들이 있구나, 라고 생각했다.

"과연 이렇게까지 해야 하는 건가요?"

내 말을 듣고 깡마른 남자가 쭈그려 앉아 뼈 무더기를 손으로 만지작거렸다.

"형님만으로는 그럭저럭 견딜 수 있는데. 이제 형님이 어디서 만났는지 여자 친구들까지 데리고 따라옵니다. 그 여자들도 다 객사하거나, 차에 치이거나, 목매 죽어서 아이고, 흉해요. 집 안에 온통 귀신이 들끓어서 더는 두고 볼 수 없었어요. 한번은 한밤중에 귀신들이 벌거벗고 지들끼리 붙어먹는 걸 보는데 이건 못 볼 거더라고요. 어째요? 뭐라도 해야지."

가만히 듣고 있던 여자가 중얼거렸다.

"이게 제일 싸게 먹히는데, 뭘. 폼은 안 나는데 푸닥

거리보다 싸요. 뼈만 잘 구하면 만사형통."

나는 2406호에서 나와 계단으로 한 층을 더 올라갔다. 집에 가서 샤워부터 한 이후에 다시 공동현관으로 내려가 퉁명에게 내가 보고 들은 것을 말할 작정이었다. 하지만 샤워를 한 뒤로 나는 아예 공동현관으로 나갈 생각이 싹 사라졌다. 그 후로 며칠 동안 나는 퉁명을 보지 못했다. 다른 경비원에게 물어보니 퉁명이 말도 없이 사라졌다고 했다.

나는 그 후에 아래층 남자를 딱 한 번 더 보았다. 회식이 끝나고 자정 넘은 시간 아파트 공동현관에 들어선 나는 우연찮게 깡마른 남자와 함께 탔다. 당연히 그 옆에 서 있는 큰 덩치의 남자도 함께였다. 그날은 여자친구는 없었다.

"여기 이 동 사람들은 나 말고 아무도 모르겠죠?"

내 말에 깡마른 남자가 고개를 끄덕였다.

"그렇죠. 그냥 제 옆에 붙어 다니는 사람으로 알고 있죠."

"아직 안 끝났군요."

나는 은밀하게 낮은 목소리로 말했다.

"마지막으로 두개골을 만들기가 쉽지 않대요. 그건 가장 고급기술이라고 뼈쟁이가 그러더군요. 혼이란 게 인간의 정수리로 들어와, 정수리로 빠져나간대요. 그 안에 혼을 가둬서, 정수리의 마개를 닫아야 더는 기어

나오지를 못한대요."

깡마른 남자 옆에 서 있는 덩치 큰 죽은 자는 식은 눈으로 계속해서 나를 보았다. 나는 그가 입을 열어 말을 하지 못하는 존재라는 걸 그때야 처음 알았다. 공허하고 텅 빈 눈빛을 보니 퉁명이 말한 '식은 눈'이란 표현이 적절하게 느껴졌다. 기쁨도, 슬픔도, 피로도 없이 어떤 존재감만이 남아 있는 눈이었다.

"저기, 그쪽은 형님 목소리를 들을 수 있어요?"

나는 깡마른 남자에게 물었다. 그 옆에 덩치 큰 남자가 힐끔 나를 보았다.

"뼈쟁이가 그러는데, 죽은 사람의 말을 들으면 일주일 안에 그 사람도 뒈진대요. 나는 오늘 가도 내일 가도 상관없는데, 이상하게 한 번도 형님 말하는 걸 들은 적은 없어요."

나는 퉁명이 더는 출근하지 않는 이유를 알 것 같아 나도 모르게 양쪽 귀를 손바닥으로 막았다. 그리고 그때 처음으로 깡마른 남자의 식은 눈에 생기가 도는 모습을 보았다.

13. 책방의 좀비(3)

추리소설 작가는 회색 악어가죽 핸드백에서 핀셋을 꺼냈다. 그녀는 핀셋으로 초록색 물질을 집어 유심히 살폈다. 일그러진 마름모꼴의 초록색 물질은 두툼한 스펀지처럼 보였다. 하지만 핀셋을 흔들어 보니 그 느낌이 스펀지보다 묵직했다. 사실 그녀는 핀셋으로 집기 전부터 이미 그 물질의 정체를 알 것도 같았다. 그것은 인간의 살점이었다. 아니, 더 정확히는 인간의 살점과 비슷한 어떤 물질이었다.

'초록색 피부라니, 도대체 이게 왜 <미스터 버티고>에 있는 거지?'

등 뒤에서 느껴지는 인기척에 그녀는 고개를 돌렸다.

버티고 씨의 아내 여은 씨가 스마트폰을 손에 쥔 채

서 있었다.

"지금 여기서 멀지 않은 곳에서 사고가 터졌나 봐요."

여은 씨는 속보로 뜬 뉴스 동영상을 보여주었다. 기자가 촬영한 영상은 아니었고 시민들이 휴대폰으로 찍어 SNS에 업로드한 영상들을 뉴스채널에서 보도하는 중이었다. 일산 백석동 고양터미널 밖으로 사람들이 서둘러 빠져나오고 있었다. <미스터 버티고>에서는 걸어서 10분쯤 거리에 있는 곳이었다.

"지하 1층, 지하 1층!"

"어떻게 해. 서점 안에 유모차를 두고 왔어!"

고래고래 소리 지르며 울부짖는 아이 엄마의 목소리도 들려왔다. 하지만 아이 엄마는 품에 갓난아기를 안고 있었다.

"유모차가 오르빗이었나 보네. 구입한 게 아니라 렌탈한 건가⋯⋯."

여은 씨가 나직하게 읊조렸다.

"세상에 교보문고에서 화재가 났나요?"

추리소설가가 일어나서 한 손에 핀셋을 든 채 뉴스 영상을 보았다.

여은 씨가 고개를 내저었다.

"아니, 좀비들이 서점을 습격했대요. 트위터에 몇몇 사람들이 초록색 피부의 좀비를 보았다고 올렸더라고요."

추리소설가는 초록색 살갗과 여은 씨의 얼굴을 번
갈아 바라보았다. 추리소설가는 여은 씨의 표정에서
어떤 떨림이나 긴장도 감지하지 못했다.

"같이 가주실래요?"

"교보문고를요? 위험할 텐데."

"아니요, 레이코폴리스 A동 102X호요."

"거긴 호수공원 근처 오피스텔 아닌가요?"

"맞아요, 그리고 이 모든 사건이 일어난 원흉이 거기
에 있을 거예요."

추리소설 작가는 초록색 살점을 휴대용 비닐팩에
넣어 핸드백 안에 집어넣었다.

"좋아요, 제 오토바이를 타요."

여은 씨는 추리소설가가 운전하는 오토바이 뒷자리
에 앉아 처음으로 타인에게 비밀을 발설했다.

아내들의 인간관계가 얼마나 넓은지 남편들은 잘 알
지 못한다. 남자들의 인간관계에는 여자와 술, 골프가
대부분을 차지한다. 하지만 여자들의 인간관계 안에서
는 그들이 거주하는 도시 구석구석에서 벌어지는 사
건들에 대한 정보가 차곡차곡 쌓인다. 뷔페접시 위에
올라가는 각각 다른 요리들처럼. 하지만 좀비의 비밀
에 대해서 알고 있는 사람은 정발산동에서 여은 씨가

유일했다. 여은 씨는 버티고 씨가 좀비물을 좋아한다는 사실을 알았지만 남편에게조차 비밀을 지켰다. 정발산동 어디에선가 지금 좀비 실험이 이뤄지고 있다는 사실을 말이다.

여은 씨가 문화센터 소설창작반에서 갈음 씨를 만난 것은 지난 6월이었다. 문화센터에서 가장 인기 없는 강좌 중 하나인 소설창작반은 곧 폐강을 앞두고 있었다. 10여 명의 수강생들로 겨우 명맥을 유지하던 강의는 마지막 학기 때는 수강생이 겨우 4명에 지나지 않았다. 그런데 3명은 익히 얼굴을 보던 사람이었고 마지막에 들어온 사람이 갈음 씨였다.

"수업시간에 오면 반갑게 인사했지만 갈음 씨와 진정 친해지려는 사람은 없었어요. 어차피 마지막 강의가 끝난 후에 다시 볼 사람들이 아니니까. 저도 크게 다르지 않았어요. 새로운 인간관계에 얽히는 걸 좋아하는 성격도 아니었고요. 강의 마지막 무렵 갈음 씨가 단편소설 한 편을 제출했어요. 하룻밤만 좀비로 변하는 '좀비데이'에 대한 소설이었어요. 소설 제목이 「자정에 읽어줘요」였나 그랬어요. 50대의 소설가 강사 선생님을 비롯해 수강생 대부분이 그녀 소설의 단점을 지적했어요. 상상력은 갸륵하지만 개연성이 없다, 부터 조악한 문장을 지적하는 사람들까지. 하지만 전 그 소설이 나쁘지 않았어요. 그냥 담담하게 좀비가 일산에서 나타

박
생
강

났을 때의 일을 보여주는데, 저는 개연성이 있다고 느껴지더라고요. 원래는 하루만 축제처럼 세상의 인간들이 좀비로 변하는 설정인데, 결국 자정이 넘어가면 일산 곳곳에 다시금 좀비가 출몰하는 이야기였어요. 시간이 흘러 좀비에서 인간으로 돌아가도 또다시 남아 있는 좀비에게 물려 다시 좀비가 되는 루틴인 거죠."

합평이 끝난 당일에는 별다른 일이 없었다. 하지만 그다음 주 마지막 강의 때 갈음 씨는 나타나지 않았다. 여은 씨는 갈음 씨의 안부가 궁금했다. 집에서 혼자 갈음 씨 소설의 장점에 대해 연구해 보기도 했다. 한번은 남편에게 그 소설의 일부를 보여주기도 했다.

"나름 재미있는데, 왜. 나도 하루 정도는 좀비가 돼보고 싶을 때가 있어."

"마음 놓고 다른 사람을 물어뜯고 싶다, 이런 거야?"

"그렇다기보다. 하루쯤 좀비가 되면 뇌를 휴지통처럼 텅텅 비울 수 있을 것 같아서."

여은 씨도 생각해 보니 하루 정도 세상에서 사라지고 싶을 때가 있었다. 남편에게 그때가 언제였는지 말한 적은 없지만.

그래서 우연히 일산 롯데백화점 슈퍼마켓에서 그녀를 만났을 때 여은 씨는 자기도 모르게 먼저 말을 걸었다. 갈음 씨는 여은 씨의 걱정과는 달리 소설에 대해서는 별 미련이 없는 눈치였다. 여은 씨가 갈음 씨 소설의 장점에 대해 몇 마디 칭찬의 말을 해주자 딱히 감동하는 눈치도 아니었다. 여은 씨는 조금 실망했다. 심지어 여은 씨가 그런 말까지 했다.

"그 소설을 읽고 나니까 저도 하루 정도 좀비가 되고 싶은 기분이 드는 거 있죠?"

갈음 씨는 그 말에 대답 없이 호박과 당근, 고추를 골랐다. 어색하게 그 뒤를 쫓던 여은 씨는 머쓱해졌다. 슈퍼마켓에서 계산을 끝내고 나올 때 갈음 씨가 여은 씨를 돌아보며 나직하게 말했다.

"진짜예요?"

추리소설가의 오토바이가 레이코폴리스 오피스텔 앞에 도착했다. 추리소설가는 헬멧을 벗으며 여은 씨에게 말했다.

"저기요, 헬멧 쓰면 뒤에서 무슨 말씀 하시는지 잘 안 들리거든요."

여은 씨가 한숨을 푹 내쉬었다.

"한마디로 제가 좀비 유경험자라는 이야기였어요. 한 시간만 주사제를 맞으면 바로 다른 세상으로 갈 수 있죠. 자세한 건 갈음 씨를 만나보면 알 수 있을 거예요."

"그래서 표정이?"

"그 단점을 말 안 해줬어요. 얼굴에 떨어지지 않는

좀비팩을 붙인 사람처럼 좀 무표정해지죠."

여은 씨와 추리소설가는 레이코폴리스 A동 102X호의 초인종을 눌렀다. 잠시 후 갈음 씨가 문을 열고 두 사람을 맞이했다.

"상황이 좀 곤란하게 되었네요."

분리형 원룸 스타일의 오피스텔 소파에 좀비 하나가 스타킹과 넥타이에 묶여 있었다. 역겨운 초록빛 빛깔에 머리카락만 백발이었다.

"결국 아버지도 이렇게 되고 말았네요."

갈음 씨가 담담하게 말했다.

추리소설가는 그 말투를 어디선가 들어본 것만 같았다. 이 세상을 초월한 듯한 그 담담한 목소리. 그것은 여은 씨의 것과도 비슷했다. 추리소설가는 그것이 좀비 체험을 경험한 이들 특유의 말투가 아닐까 짐작했다.

갈음 씨와 갈음 씨의 아버지 스티브는 이곳에서 <원데이좀비> 시약을 개발하고 있었다. 재미교포이자 미국 제약회사의 괴짜 연구원이었던 스티브는 평생 이 연구에 매달렸다. 아이티와 미국 남부의 농촌 지역을 돌아다니며 그는 좀비바이러스를 채취했다. 사실 수많은 영화 제작자들이 그 부분을 간과했는데 좀비 시약은 전통적인 약제였다. 이 약제에 취한 사람은 사흘 안에 뇌의 기능을 상실한 좀비로 변해가며 피부색까지 역겨운 초록빛으로 변했다. 그가 좀비에서 다시 인간으로 회복되는 기간은 대략 한 달 정도였다. 그 사이 좀비 노예로 변한 이들은 주인의 명령에 따라 위험한 범죄의 병기가 되었다. 종종 그 범죄에서 살해되어 인간으로 돌아오기 전에 시체가 되는 경우도 있었다.

"아버지는 화학반응 연구를 통해 <원데이 좀비>를 개발했어요. 겨우 몇 시간 안에 초록빛 좀비로 변해요. 하지만 24시간 후에 인간으로 되돌아오죠. 문제는 이 약제 특유의 강력한 전염성을 아직 컨트롤하기 힘들다는 거예요."

"그러니까 물리면 좀비로 변하는 거겠죠."

여은 씨가 침대에 묶여 있는 스티브를 가리키며 말했다. 그는 고개를 쳐들고 침을 질질 흘리며 그르렁거렸다.

"맞아요, 대부분의 시약 체험자들은 침대에 묶어두는데 어제 그 친구는 날쌔게 도망쳤어요."

"뭐하는 사람이었나요?"

추리소설가가 의미심장한 표정으로 물었다.

"네, 『수사연구』 잡지사의 편집장이었어요. 물론 꿈은 작가였죠. 남자는 수사 잡지사에서 일하면서 살인사건과 사기사건에 대한 정보를 차곡차곡 모으고 있었죠. 언젠가 영화 판권으로 팔 수 있는 장르소설을 써서 백만장자 작가가 되길 바랐어요."

두 여인은 그다음의 이야기를 듣지 않아도 짐작할

수 있었다. 『수사연구』 잡지사의 편집장은 생생함이 살아 있는 취재를 원했을 터였다. 투철한 기자정신으로 직접 <원데이 좀비> 시약을 체험했을 터였다.

"그런데 그 편집장은 문화센터나 도서관에서 포섭한 건가요?"

갈음 씨는 머리를 쓸어 넘기고 고개를 저었다.

"아니, 옆집 총각이었어요. 좀비 체험자들이 그르렁대는 소리를 참지 못하고 일주일에 한 번씩 노크를 했죠. 그러다 결국 우리의 실험이 들켰고요."

갈음 씨는 그러면서 시선을 텔레비전으로 돌렸다.

텔레비전에서는 여전히 일산버스터미널 건물 앞 상황이 펼쳐졌다. 경찰들과 특수부대원들이 버스터미널 건물 앞에 진을 치고 대기하고 있었다.

"이제 딱 10시간쯤 남았네요. 어젯밤 10시에 편집장이 우리 아버지의 목을 물어뜯고 달아났으니까요."

세 여자는 물끄러미 침대에 묶인 백발의 스티브를 바라보았다.

버티고 씨는 어둠 속에서 눈을 떴다. 그는 자신의 몸을 이리저리 더듬어보려 했지만 그럴 수 없었다. 누군가 자신을 비닐 끈으로 친친 감아놓았다. 그가 소리를 지르려 하자 누군가가 다급히 입을 막았다.

"아저씨, 조용히!"

버티고 씨는 읍읍, 거리다 상대의 손가락을 깨물었다.

어둠 속에서 『수사연구』 편집장이 비명을 꾹 삼키고 뒤로 물러나는 게 보였다.

"아직 버릇이 남아 있어요?"

"당신 누굽니까?"

"어젯밤 책방의 좀비요."

그러고서 그는 버티고 씨를 묶은 노끈을 풀어주며 말했다. <원데이 좀비> 시약과 그가 원데이 좀비가 된 이유에 대해.

"인간이 되자마자 아저씨를 찾느라 미치는 줄 알았어요. 깜빡하면 다른 좀비한테 물리는 줄 알았죠."

"죄의식 때문이었나요? 나를 좀비로 만들었던 것에 대해."

"아니, 그게 아니라 나는 좀비였을 때의 나를 기억 못 한다고요. 그 모습을 제대로 본 건 아저씨가 유일하니까."

편집장은 검정 비닐봉지를 들고 작은 키에 백발 좀비를 찾아 헤매었다. 그리고 좀비가 된 버티고 씨를 발견하자 재빠르게 비닐봉지를 머리에 씌워 질식시켰다. 편집장은 기절한 버티고 씨를 끌고서 서둘러 교보문고 서고 안으로 되돌아갔다.

그러면서 편집장은 버티고 씨의 어깨를 툭 쳤다.

"자, 이제 나가자고요."

"저 좀비들이 교보문고 안에 돌아다니고 있는데 요?"

"기다릴 수가 없어요. 제 눈으로 똑똑히 <책방의 좀 비>를 마주하고 탈출해야 하니까요. 뭐, 아저씨는 여기 서 기다리려면 기다리세요."

버티고 씨는 잠시 고민에 빠졌다. 그는 호러물을 좋 아했다. 하지만 호러물의 주인공을 꿈꾼 적은 없었다. 더구나 그는 좀비였던 24시간 동안을 기억할 수는 없 었다. 하지만 통행금지 터널을 무모하게 통과한 자가 느끼는 어떤 짜릿함의 기운이 몸 안에 아직 남아 있었 다.

"좋습니다, 그럼 한번 가보죠."

서고 밖에서는 여전히 좀비들의 그르렁대는 소리가 들려왔다.

그들은 잠긴 서고의 문을 열었다. 그들이 미처 펼치 지 못했던 무시무시한 이야기가 담긴 소설의 다음 페 이지를 넘기듯이. 그리고 그들 앞에는 이제 두 개의 이 야기가 펼쳐져 있었다.

하나, 다시 좀비에게 물려 좀비로 돌아간다. 다음 날 새벽 책방의 좀비들을 사살하기로 결정한 특공대에 의해 몰살당한다. 아니면 또 다른 이야기가 있다. 책방 의 좀비를 따돌리고 지하에서 빠져나와 다시 지상으로 올라온다.

"그들은…… 뭐랄까 무섭지 않았죠. 그냥 따분한 교과서 같았다고 할까요. 하지만 난 내가 겪은 일을 진짜 무섭게 쓸 자신이 있어요. 그게 좀비를 겪은 사람과 좀비를 상상하는 사람의 차이죠. 리얼리티를 리얼버라이어티로 만드는 체험을 하느냐 못 하느냐."

편집장은 그렇게 거만하게 인터뷰를 할 작정이었다.

『수사연구』 편집장은 본인이 상상한 이야기와 진짜 이야기의 결말이 같을지 다를지 잠시 고민에 빠졌다.

그때 두 남자를 발견한 책방의 좀비 하나가 요란한 발소리를 내며 그들에게 달려들었다. 버티고 씨는 바닥에 떨어진 두꺼운 영어사전 두 개를 집어던졌다. 영어사전에 관자놀이를 정통으로 맞은 책방의 좀비가 풀썩 쓰러졌다. 하지만 두 번째 영어사전은 좀비의 발밑에 떨어지고, 놀랍게도 좀비는 '썩소'를 지으며 그들에게 다가왔다.

"정말 재수 없는 썩소네요."

편집장이 투덜거리며 냅다 달렸다. 버티고 씨 역시 부리나케 달렸지만 특유의 점잖은 목소리로 말했다.

"잠깐만요, 좀비는 감정이 없습니다. 그러니 저 '썩소'야말로 우리 눈앞에 좀비가 다시 인간에 가까워지고 있다는 행운의 상징인지도 모르죠."

그때 누군가 편집장의 어깨에 손을 얹었다. 그게 버

티고 씨의 손은 아니었다.

14. 홋의 로맨스

내가 옷장에서 녀석을 발견했을 때 나는 자그마한 좀벌레가 나타났다고 생각했다. 이케아 비키니 옷장 한구석에 새끼손톱만큼 자그마한 것이 꿈틀거렸다. 내가 손바닥으로 찍, 눌러 죽이려던 순간 그것은 우아하게 소리쳤다.

"홋, 홋! 이봐, 잠깐, 이럼 안 돼. 나는 인간 세계로 온 홋이니까."

홋?

녀석은 대뜸 내 새끼손가락을 움켜잡고 버둥거렸다. 그러고서 꾸물꾸물 기어와 내 손등 위로 올라섰다. 그리고 천천히 허리를 일으켰다. 세상에 녀석은 좀벌레가 아니라 한글의 형상을 하고 있었다. 하지만 아무리 살펴봐도 녀석은 <홋>이 아니라 그냥 <옷>이었다.

"잠깐만, 그쪽은 홋이 아니라. 옷이네요. 그러니까 옷, 옷 외쳐보시죠. 그럼 살려줄 테니."

옷, 아니 홋이라고 주장하는 녀석은 세차게 고개를 저었다. <ㄴ>의 양쪽 끄트머리를 거머리처럼 일으켜 주먹을 쥐기까지 했다. 나는 <옷>을 가지고 장난을 치고 싶어 손등을 이리저리 흔들었다.

"대답해요. 옷, 옷은 왜 여기까지 온 거죠?"

나는 사실 옷을 발견하기 전까지 불행했다. 오늘부터 여름휴가였는데 막상 갈 곳이 없었다. 친구들과는 거리가 멀어졌고, 사랑했던 연인들은 내 인생에서 사라졌으며, 가족들에게 휴가라고 말하면 집에 와서 청소나 하라고 말할 게 뻔했다. 그래서 나는 휴가를 그냥 열 평짜리 내 원룸에 콕 틀어박혀 보내려다, 내 생이 생생하게 초라한 나머지 이케아에서 산 비키니 옷장을 열고 청소라도 하려던 차였다.

내가 비키니 옷장의 지퍼를 내렸을 때, 그 옷장 구석에 <옷>이 숨어 있었다.

나는 녀석을 <홋>이라고 부를 마음이 없었다. 눈앞에 <옷>이 머리, 아니 <ㅇ>을 싸쥐고 존재를 부정당한 존재처럼 괴로워하고 있는데도 말이다.

"좋아, 내가 홋이라는 걸 증명할 테니, 기다리라고."

"그러기엔 내 팔이 너무 아프네요."

나는 그때 <옷>이 올라와 있는 바람에 팔을 내리지

도 못했다.

"분명 어딘가에 모자가 있을 텐데."

"그 모자는 작은 <ㅗ> 모양이겠죠?"

"맞아, 귀여운 허니. 내 완벽한 모습을 상상할 수 있는 당신은 지니어스."

그건 당연한 일이었다. 옷이 모자를 쓰면 홋이니까. 하지만 내가 사는 나라에서 <옷>은 흔히 쓰는 말이지만 <홋>은 사용처가 없는 말이었다. 그 생각을 하니 자신을 <홋>이라고 주장하는 <옷>이 좀 불쌍해 보였다.

이봐, <홋>으로 살지 말고 평범한 <옷>으로 살라고. 이 지구에서는 그게 아주 편한 일이니까.

하지만 그 말을 해주기에는 이제 어깨가 욱신거렸다.

"자, 우선 팔이 아프니까, <옷>을 좀 옮겨놓고, 그다음에 이야기하죠."

나는 <옷>을 천천히 옮겼다. 이케아 옷장에서 옷걸이를 하나 꺼내 그 위에 <옷>을 툭툭 털었다. <옷>은 재빠르게 옷걸이의 머리 부분을 붙잡았다. 옷걸이의 머리 부분이 물음표를 닮아 있었다. 물음표와 함께 있으니 <홋?>이 무언가 귀여운 의성어처럼 느껴졌다. 그래서 뭐 나는 그를 <홋>이라고 불러주기로 했다.

"이봐요, 홋 씨. 어쩌다 모자를 잃어버렸어요? 아니, 그전에 왜 인간 세상으로 온 거예요?"

<홋>은 물음표를 꼭 부여잡은 채 비장한 목소리로 읊조렸다.

"홋은 금기를 어기고 적국의 시민을 사랑했다! 그 바람에 우리가 사는 세계가 무너졌어. 호나라와 후나라의 시민들이 우르르 세계 곳곳으로 쏟아져 내렸고."

"지금 내 방에 다른 글자가 있을 수도 있겠네요?"

"아니, 그렇지는 않을걸. 우리는 세계 곳곳으로 후춧가루처럼 후후후 흩뿌려졌으니까. 그리고 대부분 우리는 사이즈가 작아서 인간과는 싸우지 못해. 조심스레 인간 세계를 탐방하러 나선 우리를 작은 벌레로 오해하고 살충제를 뿌리는 경우가 허다하지. 인간은 벌레와 글자를 구분할 만큼 섬세한 존재가 아니니까. 아니면, 갑작스레 나타난 인간의 전투기에 폭격당하는 경우도 엄청나. 위이잉, 소리를 내며 낮게 나는 폭격기야."

나는 잠시 거실로 나가서 중국산 차이슨 무선청소기를 들고 왔다. 전원 버튼을 누르자 홋이 벌벌 떨며 옷걸이 뒤로 숨었다.

"내가 모르는 사이에 신형 전투기가 들어왔군."

홋은 그러고서 그들의 나라인 호나라와 그들의 적국인 후나라 사이에 벌어진 슬픈 로맨스에 대해 말했다. 홋은 호나라의 글자답게 <홀>을 사랑해야 하지만 <훌>을 사랑하게 된 것이었다. 하지만 내가 듣기에 그 로맨스는 그렇게 비극적으로 들리지만은 않았다.

우리 인간의 눈으로 보이지 않는 전혀 다른 차원의 세계가 있다. 그곳은 글자나라 세계였다. 그리고 그곳에서 호나라와 후나라는 이웃 국가였다. 그들 국민은 각각 호족과 후족 글자였다. 호족과 후족은 외모상 그렇게 차이가 나지 않는 글자들이었지만 얼추 구별은 가능했다.

호족은 대부분 다리가 길고 목이 길었다. 후족은 다리가 짧고 목도 짧았다. 대신 호족에 비해 후족은 튼튼한 다리와 단단한 머리를 지니고 있었다. 후족의 박치기에 맞으면 호족은 대부분 벌렁 나자빠지기 마련이었다. 하지만 후족이 늘 싸움에서 이기는 것은 아니었다. 호족의 긴 다리가 가랑이 사이를 걷어차거나 긴 팔을 휙 뻗어 싸대기를 날리는 순간 후족이 데굴데굴 구르며 쓰러지는 일도 많았기 때문이었다.

하지만 그건 그저 유전적으로 이어온 신체상의 특징일 뿐이었다. 그 외에 호와 후는 크게 다르지 않았다. 심지어 같은 언어를 쓰면서 술을 마시고 취하면 함께 으샤으샤 어깨동무를 할 때도 있었다. 더구나 홋과 훗처럼 비슷한 글자의 경우에는 팔, 다리 길이만 빼고 외모는 거의 비슷했다. 서로가 서로의 거울상인 것이었다. 대개 거울상은 단짝이 되건만 글자나라에서 거울상은 희한하게도 타고난 앙숙으로 유명했다. 그렇기에 거울상을 만나는 일은 그들 일생일대의 위험한 일이었다. 인생 최대의 원수를 만나는 일과도 같았기 때문이었다. 후나라 후족을 깔보던 훗의 인생에 반전이 일어난 것도 그 거울상을 만나면서부터였다. 아니, 정확히는 거울상의 연인에게 반하면서부터였다.

"내가 그런 비극의 주인공이 될 줄 그땐 몰랐지."

훗 역시 후나라의 글자와 사랑에 빠질 거라고는 짐작조차 하지 못했다. 더구나 훌은 그의 거울상인 훗의 연인이었다. 비극이 일어난 것은 후나라의 축제 때였다.

호나라와 후나라는 앙숙이지만 서로의 축제날에 상대국가의 시민을 초청하는 풍습이 있었다. 명목상 서로에게 앙금처럼 쌓인 악감정을 해소하자는 뜻이었다. 하지만 어느 순간부터인가 서로의 잘남을 더 뻐기는 그런 문화로 흘러갔다.

호나라 사람들은 긴 다리와 팔로 현란한 춤을 추었다.

"훗도 대단한 춤꾼이었어요?"

"그럼, 내가 중절모를 쓰고 춤을 출 때마다 호나라 시민들이 다 뒤집어졌지. 큰 엉덩이로 씰룩대는 후나라 후족들과 긴 다리로 럭셔리 볼레로를 추는 우리는 춤 선이 달라."

"아니, 뭐 그래도 그들도 잘하는 게 있을 거 아닌가요?"

"뭐, 야만스러운 짓은 잘하지."

후나라의 시민들은 무예에 강했다. 그들은 짧은 다리로 재빠르게 나무 꼭대기에 오르거나 두툼한 어깨에 사람들을 쌓아올리는 서커스 묘기를 선보인다고 했다.

"와, 그것도 진짜 멋지겠는데?"

내가 그리 말하자 훗이 손사래를 쳤다.

"택도 없는 소리. 후나라의 축제에는 고상함이라는 것이 없어. 긴 다리로 나긋나긋이 아니라, 짧은 다리로 쿵쿵쿵쿵 소리나 내지."

나는 그렇게 말하는 훗이 조금 고깝게 여겨졌다.

"그렇게 고상한 글자께서 후나라 축제에 갔다가 적국의 시민을 사랑했다 이거구만요."

그 말에 훗은 머리를 싸쥐었다.

훌은 후나라 시민답게 팔, 다리와 목이 짧았다. 하지만 그들의 무예에는 호족들이 따라할 수 없는 강렬하고 동물적인 힘이 넘쳐났다. 훌이 흔드는 그 강렬한 엉덩이와 유혹적인 미소에 훗은 그만 넋을 잃고 말았다. 훌이 두 발로 쿵쿵 구르며 춤을 추자, 훗의 심장박동도 두근두근 쿵쿵거리기 시작했다.

허나 멀찌감치 떨어져 그런 훗을 노려보던 홋이 있었다. 물론 그 당시에 훗은 그 사실을 눈치조차 채지 못했다. 이미 훌에게 넋이 나가 있었으니 말이다.

"그 말을 전해준 건 홀이었어. 내가 축제 내내 퍼레이드 댄서인 홀의 뒤를 홀린 듯이 쫓고 있었거든. 어느 순간 홀이 뒤돌아보며 내게 말했지."

홋은 목소리를 가다듬고 홀의 목소리를 흉내 냈다. 그것은 홋보다는 한 옥타브 정도 낮은 저음이었다.

"지금 내 연인이 당신 등짝에 칼을 꽂을 준비를 하고 있어요."

그러더니 슬그머니 미소 지었다고 했다.

"하지만 벌써 그쪽이 내 심장에 장미로 만든 칼을 꽂았으니 나도 어쩔 수 없죠."

그 말을 듣고 홋은 고개를 갸웃거리며 기어들어가는 목소리로 말했다고 한다.

"나는 홋인데……"

"무슨 상관이죠? 지금은 축제 기간인데."

홀은 춤추면서 저 멀리 긴 행렬 속으로 사라져갔다. 퍼레이드의 행렬이 지나가자 어느덧 길가에는 홋 혼자만이 덜렁 남았다.

홋은 그제야 새로운 사실을 알았다고 했다. 후족과 호족은 서로를 쥐 잡을 듯 원망하지만 서로의 축제날에 은밀히 눈이 맞은 글자들은 지글지글 불타며 하룻밤 사랑을 나눈다는 사실을. 하지만 홋이 춤추는 홀에게 느낀 것은 그 이상의 설명하기 어려운 감정이었다.

그때 갑자기 홋의 머리에 둔중한 고통이 느껴졌다. 겨우 정신을 차린 홋은 눈앞에 서 있는 후족을 보고 깜짝 놀랐다. 처음 보는 글자였지만 홋은 그의 이름을 알 수 있었다.

"너는 홋이군."

"그래, 나는 홋이다. 너는 개새끼냐?"

"아니, 그쪽도 내 이름을 알지 않나?"

"태어나길 나의 원수로 태어난 놈이지."

홋은 으르렁, 이를 갈며 홋을 노려보았다. 홋은 긴 다리를 뻗을 준비를 했고, 홋은 두 번째 박치기를 준비하려 머리를 흔들어댔다. 허나 그들의 싸움은 거기에서 끝났다.

"지금은 축제니까 여기서 끝내겠어. 어차피 내일이면 이곳에 발을 디딜 수도 없을 테니까."

홋은 그렇게 말하고서 재빠르게 사라졌다.

"에이, 시시하네요."

내가 말하자 홋이 코웃음을 쳤다.

"맞아, 야만적인 인간이 보기엔 그렇겠지. 허나 우리 글자들은 타고나길 로고스. 평소에는 이성적인 사고를 한다네. 다만 그 이성적인 사고가 감정의 용암 속에 불타버리는 순간들이 올 때가 있지만."

홋은 훌을 잊을 수 있을 거라고 생각했다. 다른 호족

이 그렇듯 그도 축제에 홀린 것이었다. 하지만 홋은 이성적인 글자였다. 호나라로 돌아가 홀을 닮은 홀을 찾아보기도 했다. 그는 호나라 곳곳을 돌아다니다 운명의 상대 홀을 찾았다. 그런데 웬걸 마침내 찾아낸 홀은 전혀 홋이 꿈꾸던 그 아름다운 모습이 아니었다. 홋은 홀에게 구애하고 몇 번의 데이트를 함께하기도 했다. 다만 홀의 어떤 면은 홀과 비슷하다고 생각했다. 둘이 함께 입을 맞추던 날 홀은 홋에게 한마디 말을 남겼다.

"나에게서 다른 글자를 꿈꾸지 말아요."

"내가 그랬다고?"

홋은 당황해서 얼굴이 붉어졌다.

"나는 그게 느껴져요. 그리고 나의 거울상은 당신을 사랑하고 있을 거예요."

"그걸 어떻게 알지?"

"당신 입 냄새가 그걸 알려주거든요."

홋이 당황하며 고개를 저었다.

"아니, 홀. 나 아까 가글을 했다고."

그 말을 듣고 홀이 쓸쓸하게 웃었다.

"당신은 농담을 몰라요. 농담을 모르는 사람은 사랑에 빠지면 그 사랑이 진흙탕이라도 헤어 나오기 힘들죠. 나는 홀의 거울상이에요. 그러니 홀의 마음을 알 수 있어요. 잘 가요, 홋. 내 운명이 아닌 내 운명의 사람."

훗은 호나라의 다음 축제를 기다렸다. 훗은 일부러 발목을 접질렀다는 핑계를 대고 볼레로 댄스에 참가하지 않았다. 대신 호나라를 찾아온 후나라 글자들을 쫓아다녔다. 그리고 운명처럼 홀을 만났다. 그러나 홀의 옆에는 훗이 넓은 어깨를 좌악좌악 흔들면서 거들먹대며 걷고 있었다. 훗은 그때 훗을 보며 홀의 마음을 알 것 같다고 생각했다. 홀은 저렇게 거들먹대는 훗 같은 녀석을 훗훗, 비웃을 뿐 사랑하지 않을 거라고. 어느 순간 훗과 홀이 스칠 때, 훗은 조심스레 홀의 손을 잡았다. 홀의 모음 끝이 수줍게 하지만 꽈악 훗의 모음 끝을 휘어 감았다. 홀은 훌훌 담을 넘듯 훗의 어깨에 올라탔다.

"긴 다리가 있으니까 달려요. 세상 끝까지."

훗은 평생 그렇게 미친 듯이 달린 적이 없다고 했다.

뒤에서 후족이 훗을 쫓아 우르르 달려왔다. 호와 후의 글자들은 아무리 축제 기간이라도 보이지 않는 곳에 숨어서 사랑을 나눠야 했다. 하지만 두 글자는 대놓고 사랑의 일탈을 보여주었다.

한순간에 축제의 장은 글자세계대전으로 변해 버렸다. 호족과 후족이 서로 얽히고 혹, 혼, 훅, 홍, 흥, 훙, 홍, 혼…… 패싸움은 시커먼 글자들로 쌓여갔다. 땅벌과 말벌이 싸울 때처럼 요란한 소리가 두 나라에 울려 퍼졌다. 사랑에 빠진 두 글자는 어딘지 모를 끝을 향해 미친 듯이 뛰었다. 홋이 지치자 거꾸로 훌이 움직였다. 훌은 두 다리로 힘껏 홋의 목을 감싼 채 튼튼한 팔로 벽들을 짚으며 더 높은 곳으로 올라갔다. 그때였다. 요란한 소리와 함께 글자들이 벌떼처럼 솟아오르자, 어느새 인간 세계와 글자나라를 막아놓은 막이 뚫리고 말았다. 그 바람에 수많은 호족과 후족들은 인간 세계로 우르르 쏟아졌다. 그 요란한 혼돈 속에 홋과 훗은 헤어지고, 홋의 모자 역시 어디론가 날아갔다.

자, 여기까지가 홋의 헛소리 같은 이야기였다. 이제 글자 세계에서 인간 세계로 들어온 난민 홋이 아닌 내 이야기를 해야겠다. 황당하게도 인간인 나는 홋에게 홀리고 말았다. 다음 날부터 나는 홋의 모자와 홋의 연인 훌을 찾기 위해 서울 시내를 돌아다녔다. 그러다보니 휴가를 다 쓰게 되었지만 나는 회사에 돌아가지 않았다.

"사실 우리 호족과 후족의 모자에는 특별한 힘이 있지. 그 모자를 쓰면 인간은 특별한 능력을 얻을 수 있거든. 인간 주제에 글자나라의 탁월한 능력까지 갖추는 거야."

"글자나라의 모자가 인간한테 맞을 턱이 없잖아요?"

홋에 따르면 인간 세계에서는 호족과 후족, 그리고

그들의 모자는 점점 인간에 맞게 자라난다고 했다. 시간이 지날수록 홋은 나의 키와 비슷해지고, 오히려 나보다 더 자라났다.

"가끔은 그쪽이 홀이 아닌가 해."

나는 기가 차서 고개를 내저었다.

"나는 인간으로 태어났어요."

"그걸 어떻게 믿지? 모자를 잃어버린 글자들은 종종 자신이 누구인지 모르는데."

"홀과 홋은 같이 인간 세상으로 굴러떨어진 거 아닌가요?"

"그래, 하지만 글자들의 세계와 인간의 세계는 전혀 다른 세계. 우리가 함께 떨어졌어도 인간의 세계로는 각자 다른 시간에 떨어졌을 수도 있지. 하지만 글자와 글자가 만나 하나의 뜻을 이루듯, 인연은 점점 서로를 끌어당기는 거라고."

나는 가끔 홋이 사기꾼처럼 보일 때가 있었다. 하지만 밉지 않았다. 이따금 내가 만난 가장 달콤한 글자처럼 보일 때도 있었으니까. 더구나 그 글자의 뜻은 인간 세계에서 나 외에는 아무도 모르니까.

"홋…… 글자들이 그걸 어떻게 알아요?"

나는 빤히 홋을 쳐다보았다.

"아니, 내가 안다고. 나는 가끔 이제 내가 홋이 아니라 그냥 팔다리가 긴 꺽다리처럼 느껴지니까."

하지만 나는 내가 글자 모자를 잃어버려 욜처럼 보이는 홀이라고 믿고 싶지는 않았다. 물론 내가 다리가 긴 편은 아니지만…… 아직은 홋에게 그 정도의 감정까지는 느끼지 않기 때문이다. 하지만 장담할 수는 없다. 언젠가 홋이 스스로를 인간으로 느낀다면, 긴 팔로 내 어깨를 어루만져 준다면 어떻게 될지.

"홋……."

나는 내 옆에 있는 가장 가깝고 친밀한 글자의 이름을 불렀다. 글자 뒤에 물음표가 다른 방식의 기호로 변해가는 것을 마음 깊이 느끼면서.

훗의 로맨스

15. 간

내가 어린 시절 들었던 괴담 중 가장 기억에 남는 것은 계단과 여자가 만난 이야기였다. 계단이 있다. 그리 가파르거나 높아서 사람을 질리게 만드는 계단은 아니다. 장식이 많거나 대리석이거나 화려한 아치를 이루는 관광명소의 것도 아니다. 시멘트로 대충 만든 계단은 턱이 낮고 층계의 개수가 많지 않다. 계단 귀퉁이가 깨져 자갈 크기의 시멘트 조각들이 다음 칸으로 호르르 떨어지곤 한다.

당연히 내 괴담 속 그 계단은 양지가 아니라 그늘진 곳에 있어야 한다. 아무도 없이 혼자 오르내리노라면 마음 한구석이 11월처럼 여겨지는 그런 종류의 계단이다. 괴담 속에서 그 계단이 존재하는 장소는 역사가 오래된 고등학교다.

물론 나는 괴담에 등장하는 그 계단을 한 번도 본 적이 없다. 나는 그저 계단에 관해 무서운 이야기를 들었을 따름이었다.

비가 내리는 늦가을이어서 계단에 떨어진 낙엽들은 축축하게 썩어간다. 그리 높지 않은 힐을 신은 그녀가 또각또각 계단을 내려간다. 바지는 아니고 계단 턱에 걸터앉으면 허벅지가 살짝 드러나는 쪽빛 스커트다. 계단을 내려가다 마지막 걸음을 내딛기 전 그녀는 나지막한 한숨을 쉬고 속으로 숫자를 센다. 아홉까지. 그녀는 뒤돌아서서 다시 계단을 올라가다 잠시 멈칫거린다. 그녀는 다시 손으로 계단을 세며 조심스럽게 한 걸음씩 내딛는다.

"분명 올라갈 때는 계단이 열 개였거든. 근데 내려오면서 세어보니 아홉 개야."

그 괴담을 들려준 사람은 나보다 겨우 다섯 살 위였던 촌수로 따지자면 오촌 간이었지만 삼촌이라고 불렀던 형과 동생 터울 정도의 친척이었다.

그때 양쪽 집이 같은 아파트 같은 동이었다. 삼촌과 나 모두 집안의 외동아들이어서 서로의 집에 자주 놀러 다녔다. 우리 둘이 함께 초등학교를 다닐 때였다. 게임이라면 자다가도 벌떡 일어나는 꼬맹이들이니 게임이 인생에 전부였다.

하교 후에 오락실로 달려가면 그곳에 앉아 열심히

손을 놀리는 같은 학교 고학년인 삼촌을 볼 수 있었다. 수많은 초등학생 남자애들이 알음알음 자위의 기술을 은밀한 방식으로 배우기 전까지 격렬하게 손을 놀리는 유일한 장소에서 우리는 조우했다. 동전이 그득한 주머니가 가벼워질 무렵 나와 삼촌은 아파트로 함께 돌아왔다.

나는 삼촌과 잘 어울렸지만 삼촌을 연장자로 동경하지는 않았다. 다섯 살이나 나이 차이가 났고 촌수 관계로는 어른이었지만 오히려 좀 만만한 대상이었다. 차라리 다섯 살 많은 형이라면 모르겠는데 그 정도 터울의 삼촌은 호칭 자체가 우습다고도 생각했다.

겨우 나이 터울 때문에 우스웠던 건 아니었다. 희한한 소리를 잘했다. 유령이나 외계인, 어깨가 넓은 난장이들이 사는 지하세계가 삼촌이 동경하는 세계였다. 그러다가 뜬금없이 내 앞에서 핑클의 히트곡 <영원한 사랑>을 부르며 양손으로 원을 그리면서 빙그르르 춤을 추었다. 삼촌은 뭐랄까 당시 나에게 두 발로 걷는 당나귀 장난감 같은 존재였던 것 같다. 툭 튀어나온 커다란 앞니 두 개 덕에 더더욱.

삼촌네 집은 우리 집에서 엘리베이터를 타고 세 층만 더 올라가면 되었다.

"올라간다, 올라, 올라……."

엘리베이터 안에서 삼촌은 붉은 숫자를 바라보며

늙은 마법사가 주문을 외우듯 웅얼웅얼거렸다.

그때는 별것 아니라고 생각했다. 삼촌에게 동급생 친구가 거의 없다는 사실 따위.

양쪽 집 모두 부모님이 맞벌이하는 집이어서 하교 후에도 우리는 함께했다. 삼촌의 방에는 달력이 하나 걸려 있었는데 97년 현대 겜보이에서 나온 게임달력이 었다. 그 달력의 그림에는 버추어파이터, 스트리트파이터, X맨, 마리오카트는 물론 닌텐도의 한물간 게임인 동킹콩 캐릭터까지 등장했다.

그때의 평범한 남자애들이 그렇듯이 내가 동경한 것은 스트리트파이터2의 류였다. 달력 속의 류는 붉은 화면을 배경으로 서 있었고 소매가 찢어진 흰 도복 차림이었다. 날것으로 드러난 단단한 근육은 그 후로 평생동안 내가 동경할 남자의 그것이었다. 또 주먹이 있을 자리는 시뻘건 불꽃에 휩싸여 있다. 초등학교 시절 나는 불을 쏘는 남자를 꿈꿨다. 얼마나 원했는지 불을 쏘는 꿈을 자주 꾸었다. 주먹으로도 쏘고, 입으로 쏘고, 젖꼭지로도 쏘고, 배꼽 아래에 매달린 그 물건으로도 쐈다. 자다가 불 지르는 꿈을 꾸면 오줌을 싼다는 속담을 어디선가 듣기는 했다. 당연히 말도 안 되는 소리였다. 그러면 내 방에서는 홍수가 났을지도 모른다.

뭔가 좀 엉뚱한 사람답게 나와 달리 삼촌은 버추어파이터 시리즈 3편에 새로 등장한 듀랄을 동경했다. 듀랄은 온몸이 매끈한 스테인리스로 덮인 것 같은 외형의 캐릭터였다. 벌거벗은 여성 캐릭터의 몸이었지만 초등학생이 흠뻑 빠질 만한 여성은 아니었다. 대머리에다가 젖가슴은 스테인리스 밥공기 두 개를 엎어놓은 듯 광이 났다. 눈코입도 존재하지 않았다. 그 스테인리스 여성이 삼촌의 이상형이었다는 의미는 아니었다.

삼촌은 꿈꿨다. 누군가 류를 꿈꾸고, 의사를 꿈꾸고, 대통령을 꿈꾸듯 듀랄을.

"듀랄처럼? 그게 무슨 소리야? 남자라면 무조건 불꽃 파이터 류지!"

내가 퉁명스럽게 대답을 하자 삼촌은 아무 말이 없었다.

차라리 스트리트파이터의 춘리라면 이해할 수 있을 것도 같았다. 나도 가끔 친구들과 게임을 할 때 춘리 캐릭터를 쓰는 경우가 있었다.

춘리에게는 희미하게나마 나의 이상형이라고 부를 법한 연결고리가 있었다. 그녀는 코사지 리본을 머리에 매달고 짧은 치마 차림으로 공중을 회전해서 킥을 날렸다. 그녀가 잽싸면서도 우아하게 공격할 때면 마음 한구석의 은밀한 무언가가 찌릿해지는 것 같았다. 그건 미처 발달하지 않은 은밀한 성적 쾌감의 시발점 같은 거였다.

언젠가 대학 시절 만난 나의 첫 여자 친구가 계단 위

의 여자가 이상형이었느냐고 물었다.

그때 나는 이상형이 아닌 괴담 이야기를 첫 여자 친구에게 들려주고 있었다. 계단 위를 오르내리는 여자가 등장하는 그 괴담 말이다. 8월이어서 옷을 벗고 있거나 입고 있거나 상관없이 후덥지근한 날이었다. 계곡이 있는 경기도 어딘가로 휴가를 떠난 우리는 방갈로에 들어가 앉아 윙윙대는 모기를 바라보았다. 마침 방갈로에는 모기향이 없었다. 여자 친구는 공기 중의 떠도는 무언가를 잡으려는 듯 몇 번 손을 휘휘 내저었다.

"그 여자를 생각하고 설렌 적 없는데."

"기억 안 나? 종종 계단 위의 그 여자를 머릿속으로 그려본다 했던 듯."

"하지만 그건 그렇게 설명하면 안 될 것 같아. 나의 이상형은 차라리 브래지어를 하고 쌍절곤을 돌리는 쪽에 가깝다니까."

모기가 윙윙거리는 방갈로에서 차마 춘리가 첫 이상형이었다고 말할 자신은 없었다.

"창피하게 생각할 건 없어. 나도 첫사랑이 인간이 아니었어."

"그럼, 집에서 기르는 금붕어나 이구아나 뭐 이런 종류?"

"아니, '쿨핫'의 이루다."

"쿨핫?"

"유시진의 순정만화. 거기에 나오는 인물이야."

"역시나 뭐 모든 여자들이 좋아하는 꽃미남 남자주인공 이런 거네?"

나는 '쿨핫'이란 만화를 잘 알지 못했다.

그녀는 몸을 비틀어 내 턱에 자란 까끌까끌한 수염을 손톱으로 긁었다.

"뭐, 비슷해. 인간계의 남자들보다 카리스마 넘치는 마족 같은 존재. 이렇게 지저분한 수염에 배꼽 아래 연한 살을 긁힐 일도 없고."

"그렇게 따지면 나는 이상형을 스트리터파이터의 춘리로 잡겠어."

나는 결국 그렇게 털어놓고 말았다. 말하고 나서는 되게 멍청하다고 생각했다. 순정만화 주인공을 이상형으로 생각하는 여자보다 전자오락 속 여자캐릭터를 이상형으로 여겼던 남자는.

우리는 그 여행 이후 여름이 다 가기 전에 헤어졌다. 실은 그 여름의 여행은 사귄 지 일주년을 기념하기 위해 다시 떠난 여행이었다. 두 마리 연어 같은 반복과 회귀. 계곡의 상류는 우리 둘이 사귀면서 처음으로 떠났던 먼 여행지였고, 지저분한 방갈로에서 우리는 어설프게 서로의 몸을 시시해진 겜보이처럼 흔들어댔다. 그때 그 방에는 모기향도 있었다. 하지만 나는 섹스머신 같은 몸집의 류가 아니었고, 이루다 같은 순정만화의 멋진 마족도 아니었다. 안타깝게도 나의 체형이나 분위기는 슈퍼마리오와 더 비슷했다. 듀랄을 꿈꾸던 삼촌 역시 비슷했다. 아무래도 우리 집안 남자들에게는 엉덩이가 크고 다리가 짧고 턱에 수염이 많은 그런 DNA가 계승되어 오는 것 같았다. 삼촌과 나의 차이점이라면 나는 그래도 여자들과 낄낄거리는 걸 좋아하고 삼촌은 혼자서 뜬금없는 소리를 하며 끅끅대는 걸 좋아했다는 것 정도였다.

하여간에 어설픈 섹스 이후에도 그 밤과 다음 날의 후덥지근한 공기는 달콤했다. 다만 일 년 후에 똑같은 장소에 도착했을 때는 달랐다. 나와 그녀 모두 후덥지근한 여름의 열기만을 체험했을 따름이었다. 그러고서 우리는 지난 1년의 일보다 유년의 추억에만 엷게 젖어들었다. 순정만화에 빠지고 게임 캐릭터에 빠질 때만 세상이 온통 달콤하게 느껴졌던 그때로. 그리고 그녀는 기차를 타고 돌아오면서 차창에 머리를 대고 그런 말을 했다.

"다시는 방갈로 같은 데는 가지 않을 거야."

인정. 모기가 윙윙 날아다니는 방갈로는 환상이 없는 장소였다.

그녀와 헤어진 뒤에 나는 춘리를 다시 떠올리지는 않았다. 하지만 계단 위의 그녀에 대해서는 가끔은 생각했다. 사실 그날 여행에서 여자 친구는 내 이야기가 하나도 무섭지 않다고 했다. 그래서 중간에 내가 들려주는 무서운 이야기의 결말을 듣지 않고 끊어버렸다.

"올라갈 때는 열 개인 계단이 내려와서 보니 아홉 개다. 그리고 주저하다 맨 바닥에 바닥을 디뎠을 때 사람들이 죽는다? 그게 왜 무서운 거야?"

"무서운 이야기라고 했지. 무섭다고는 안 했잖아."

"무섭지 않으면 웃기기라도 해야 하는 거 아닐까?"

사실 무섭거나 웃기거나 상관은 없다.

그 괴담은 나에게 머릿속의 풀 수 없는 수수께끼 같은 인생의 질문들을 슬그머니 가려버리는 11월의 그림자 같은 거였다. 나는 내 삶에 해답이 없을 때마다 그 괴담을 반복해서 떠올렸을 따름이었다. 친구들과 욕설 섞인 시시한 농담을 주고받다 혼자 집으로 돌아가는 엘리베이터를 탔을 때도 그랬다. 술자리에서 호프집의 화장실 앞 좁은 복도에 잠시 서 있을 때에. 심지어 내가 아는 누군가와 대화를 나누다가 무심결에 불안해하는 그 사람의 낯선 눈빛과 마주치는 순간에. 괴담 속에서 내가 만난 계단 위의 그녀는 여전히 계단을 오르내린다.

그런 순간이면 나는 습관적으로 호주머니에 손을 집어넣었다. 텅 빈 호주머니 안에는 촉감으로만 느껴지는 권총이 들어 있는 것 같았다. 방아쇠를 잡아당기면

총알은 내 허벅지를 뚫고 삶은 끝장이다.

그 괴담의 결말에 따르면 계단 위의 여자는 죽지 않았다. 그녀는 현명했다. 무모하게 행동하는 대신 계단에 걸터앉아 생각에 잠겼다. 사람들은 열 개의 계단을 오르지만, 아홉 개의 계단을 내려온 뒤 이곳에서 죽는다. 마치 텅 빈 바지 주머니 속의 방아쇠를 당긴 것처럼 어이없고 뜬금없는 삶의 결말이었다.

하여간에 그것이 괴담 속의 그녀가 알고 있던 진리였다. 그녀는 담담하게 벨트에 찬 권총지갑에서 권총을 꺼낸다.

맞다, 삼촌이 들려준 괴담 속의 그녀는 여경이었다. 그녀는 권총을 들고 천천히 팔을 들어 올렸다가 계단 아래 아스팔트 바닥에 대고 총구를 겨눈다. 원래 열 번째 계단이 있어야만 하는 자리, 하지만 아무것도 없는 그 자리를 향해서.

그 괴담의 마지막 장면은 간으로 끝난다. 여경은 빈 자리를 향해 총을 겨눴다가 다시 거둔다. 그리고 곧바로 인부들을 불러 땅을 파헤친다.

"없는 계단 아래에서 간이 나왔어. 꿈틀꿈틀하는, 매끄럽고 빠알간 간이야."

매끄러운 간이라니. 삼촌이 동경했던 듀랄의 살갗 같은 차가운 매끄러움일지 몰랐다. 나는 간에 대해서는 헤어진 첫 번째 애인에게 말하지 않았다. 간은 우리 인생의 비밀스러운 장기다. 그 비밀이 버거워 우리는 알코올로 간을 괴롭힌다고 나는 생각할 때가 있다. 그리고 우리가 미처 말하지 못한 비밀들의 쓰레기 하치장 같은 간은 나날이 돌덩이처럼 굳어간다. 간과 듀랄을 동경했던 삼촌에 대한 소식을 아는 사람은 내 주변에 아무도 없다.

16. 화성증후군

I.

지구는 화성보다 빠른 속도로 공전하기에 이 년에
한 번 화성 안쪽에서 공전하는 지구가 화성을 앞지르
는 시기가 온다. 그 시기 밤하늘의 화성은 기묘한 곡예
를 시연한다. 화성은 얼마간 밤하늘에서 하루하루 뒤
로 물러나는 것처럼 보이기 때문이다. 화성이 마이클
잭슨으로 변해 밤하늘에서 문워킹을 하는 것이다. 물
론 이 얼어붙은 불타는 별의 뒷걸음질은 지구인이 밤
하늘을 바라보며 느끼는 착각에 불과하다.

우리가 화성증후군이라 이름 붙여 카테고리로 묶어
놓은 이들은 대개 이와 흡사한 착각을 체험한다. 단 역
행하듯 보이는 것은 밤하늘의 화성이 아닌 그들이 머
무는 세계다. 나를 둘러싼 모든 것들이 나를 제외하고
뒤로 쓸려간다. 동시에 인생을 사다리 오르기로 상상

하는 지구인의 평범한 믿음은 단박에 뿌직거린다.

화성증후군에 속하는 이들이 세계의 역행을 경험하는 순간은 그리 거창하지 않다. 믿어온 이데올로기를 저버린 혁명가나 사이비종교에 빠져든 과학자들은 화성증후군과 맥이 다르다. 그들은 인생의 어느 순간 인간은 풀잎 같은 존재라는 걸 깨닫자마자 스스로 시들었을 따름이다.

배우자나 자녀의 죽음은 한 사람의 인생을 무너뜨리지만 그렇다고 그들이 세계의 역행을 체험하는 건 아니다. 붕괴와 역행은 다르다. 붕괴는 새로운 삶을 시작할 수 있는 잿더미다. 하지만 세계의 역행은 뺨을 어루만지는 바람처럼 부드럽게 찾아오나 하염없이 곤란하다. 그것은 계속해서 뒤로 쓸려나가는 사막의 모래바람에 가까워 무심결에 삼라만상의 풍경이 현실 아닌 신기루로 믿겨지기 때문이다. 그리고 그 신기루 안에 오롯이 서 있는 건 화성증후군에 시달리는 당신이다.

화성증후군의 증상은 깨달음이나 비극에서 오지는 않는 것 같다. 아직 원인은 알 수 없으나 그들은 대개 걷다가 멈추고 돌아보는 과정을 겪는다. 아니면 들고 있던 샤넬을 내려놓는다. 라면 면발을 젓가락으로 집다 다시 계란 푼 매운 국물 속에 호로록 떨어뜨리는 경우도 있다. 연인의 품에 안겨 있을 때 상대의 체온이 저

온에 맞춰진 전기담요처럼 느껴져 당황스러웠다고 우리에게 고백하기도 했다. 그런 점에서 오히려 이 카테고리에 속하는 이들의 기분은 초기 알츠하이머 환자들과 비슷하다. 익숙한 일상의 공전궤도를 돌던 내가 슬그머니 이탈될 때의 그 무력한 공기.

이 사례에 속하는 최초의 여인은 번화가를 무심히 걷던 중 걸음을 멈추었다.

"주위를 둘러보니 내가 지구가 아닌 화성에 있는 기분이었어요."

"화성이요? 당신은 그곳에 가본 적도 없지 않습니까?"

"하지만 난 화성에 대해 이미 알고 있어요. 그곳은 흔적의 별이죠. 지구에서는 상상할 수 없는 거대한 화산이 있고, 거대한 계곡이 있어요. 하지만 뜨거운 용암도 콸콸 흐르는 물도 없죠. 거긴 흔적의 별이에요. 모든 것들이 과거에 존재했다는. 그러니까 지금의 나는 지구에 살고 있지만 화성에 있는 것과 다름없죠. 내 주변이 전부 흔적처럼 여겨지니까요."

우리는 이 여인의 사례를 〈화성증후군〉이라 이름 붙이고 각 지역에 연구원을 파견했다. 놀랍게도 화성증후군의 카테고리에 속하는 이들은 도처에 널리 퍼져 있었다.

"친한 지인들에게 일일이 문자로 '내가 누구야?'라

고 물어본 적이 있었고…… 기분이 울적한 날이라 지인들의 답장을 많이 받고 싶었는데…… 좋은 말들이 다 스팸처럼 느껴지고 내 존재마저 그냥 난자와 정자의 언어로 쓴 스팸 같았어요."

화성증후군의 초기 증상은 사소하지만 곧 만성 우울증이나 공황장애로 이어질 가능성이 높다고 우리는 짐작했다. 물론 우리의 예상과 전혀 다른 방향으로 이 증후군이 발전해나갈 가능성도 무시하기는 힘들었다. 모든 징후에는 밤과 낮이 존재하기 마련이니까.

우리 연구소는 <화성증후군>에 대한 체계적 탐구를 위해 국가기관에 지원금을 요청했다. 안타깝게도 지원금 요청은 거절당했다. 담당 공무원은 공식적인 거절의 문장 뒤에 개인적 소견을 덧붙여 우리에게 보냈다.

"국가는 국민의 화성증후군에는 관심이 없습니다. 일 퍼센트의 물과 공기만 있는 공간에서조차 살아갈 수 있는 존재를 국민이라 생각하니까요."

Ⅱ.

나의 그녀는 화성으로 돌아갔다. 물론 지금의 과학기술로 지구를 떠나 화성으로 이주하는 것은 불가능한 일이었다. 그녀와 그녀의 여동생은 이란성 쌍둥이지만 화성 탐사로봇 스피릿과 오퍼튜니티는 아니었다. 더구나 그녀의 여동생은 세계 곳곳의 평화를 위협하는 화약에 민감했지만 화성 따위에는 별반 관심이 없었다.

심지어 그녀 때문에 화가 나서 나를 찾아온 것도 그녀의 여동생이었다. 그녀는 따지듯이 내게 물었다. 자신의 언니가 사이비종교에 빠져들었는데, 남자 친구가 되어서 그걸 가만히 지켜보고 있느냐면서. 하지만 엄밀히 말하면 그녀는 신을 믿지 않았으며, 그녀가 믿는 것은 오직 화성 여행이었다. 그녀는 나 역시 화성 여행에 동참하기를 바랐으나, 나는 그 제안을 거절했다.

"다시 한번 잘 생각해 봐. 우리의 마음 깊이 행성과 연관된 무의식의 자아가 있어. 너의 경우는 수성과 연결되어 있는 이성적인 인간이고, 내 여동생은 천왕성과 이어져 있는 미친년이야. 운이 좋게도 나의 무의식의 자아는 화성과 이어져 있지."

내 생각에 그녀가 운이 좋은 것은 아니었다. 그녀가 다니는 〈화성연구센터〉의 '호갱님'이 되기에 적합한 조건을 갖췄다는 의미가 아닐까 싶었다. 지구와 조건이 다른 행성들의 에너지를 무의식의 명상으로 끌어들일 수는 없었다. 하지만 지구와 가장 비슷한 생김새와 조건을 갖춘 화성의 에너지는 우리가 무의식에 집중하면 다다를 수 있다는 게 그들의 주장이었다.

그녀 말마따나 이성적인 인간인 나는 그 사실을 믿

지 못하였다. 그나마 나는 양반이었다. 그녀의 여동생은 센터에 폭발물을 설치하겠다고 난리를 쳤다. 테러 방지를 위한 시위, 온난화 반대 시위 등등 인류평화를 위한 시위에 참여한 사람으로서는 의외였다. 평범한 여교사였던 자신의 쌍둥이 언니가 방과 후에 화성과 접촉한다면서 센터에 나간다는 사실에 이렇게 화를 낸다는 것이.

"이 동네에 미친년은 나 하나면 충분하니까요."

미친년 앞에 생략된 말은 아마도 '세계평화를 위해'일 터였다. 하지만 그 말을 하면서 동시에 그녀의 여동생은 내 멱살을 움켜잡았다.

나는 멱살에 잡힌 채 질질 끌려간 건 아니고, 물끄러미 서서 이성적으로 해결하자고 했다.

"어떻게 이성적으로 해결하죠?"

그녀가 씩씩대며 나를 노려보았다.

"수강을 취소시키면 되는 거잖아요."

우리 두 사람은 그래서 경기도 화성에 있는 <화성연구센터>를 찾아가기로 했다. 그곳은 네이버에서 검색은 되지 않고 아는 사람을 통해 알음알음으로 수강생을 늘려갔다. 특히 화성의 에너지가 있는 사람만 찾아다니는 화성요원을 통해 새로운 수강생을 포섭했다. 그러니까 그들은 어디든 나타났다. <트레바리>나 <언그독> 같은 독서 모임. 혹은 초등학교나 중학교 동창회.

수많은 사람들이 남녀의 로맨스가 싹트기를 바라는 여러 취미활동 모임에 이르기까지. 그런 모임에서 몇 번 안면을 튼 회원이 당신에게 이 멘트를 지그시 날리며 접근한다면 그러니까 조심할 필요가 있다.

"세상에나 당신은 화성의 사람이로군요."

그러면서 별의 에너지가 인간의 무의식과 어쩌고, 별을 명상하는 방법 운운에 당신이 홀렸다면 이제 당신도 화성으로 갈 티켓을 반쯤 끊은 셈이다. 눈을 감고, 내면의 우주에 집중하기만 하면, 당신은 손쉽게 그 이름과 달리 드라이아이스 같은 차가운 별인 화성 정도는 갈 수 있는 것이다.

"이게 다 세계가 엉망이라 그런 거죠."

그녀의 여동생은 내가 운전하는 차의 조수석에 앉아 투덜거렸다.

나와, 그녀, 그녀의 여동생 사이에 공통점은 없었다. 아니, 우리 셋 다 지구 멸망을 믿기는 했다. 나는 그녀에게 그리 말한 적이 있었다. 어차피 언젠가 지구가 멸망할 텐데, 굳이 왜 화성에 대해서까지 명상해야 하는 것이냐고. 내 말에 그녀는 지구가 멸망하는 순간에 그녀의 의식이 화성에 근접해 있을 것이라고 말했다. 우리의 논쟁이 우주적인 '코기토'까지 이어질 것 같아 나는 그냥 그녀를 내버려두었다. 물론 종말 이후의 천국을

논하는 사이비종교와 지구 종말 이후 개인의 의식을 이동시켜 화성 이주를 꿈꾸는 <화성연구센터>와 뭐가 다른가 싶기는 했다.

"지구가 망하면 뭘 할 거예요?"

성남 정도를 지날 때였다. 내 질문에 그녀의 여동생은 금방 답변하지 않았다. 잠깐 뜸을 들이다 시니컬하게 읊조렸다.

"지구가 망한다고요? 왜요?"

"아니, 망할 것 같잖아요? 8월에는 폭염이 이어지고, 북극의 빙하가 녹고, 어마어마한 슈퍼태풍이 툭하면 태어나고, 겨울에 황사 함박눈이 펑펑 쏟아지는데."

"그걸 막는 게 나 같은 사람이 할 일이죠. 나는 지구가 망한다고 믿지 않아요. 그전에 우리 같은 사람들이 지구를 바꿔놓을 테니까. 물론 미개한 이 지구별 사람들은 우리가 그들을 지켜줬다는 사실을 모르겠죠."

그러고서 그녀의 여동생은 내내 내 옆에서 연설을 했다. 나는 그 말을 듣는 내내 머릿속이 어지러웠다. 내 이성적인 사고가 유해가스로 뿌옇게 변해버리는 것 같았다.

그래, 솔직히 나는 환경문제에 대해서는 백치에 가까웠다. 그저 의무적으로 우유팩과 플라스틱 병을 따로 모아 버리는 것만으로 할 일은 다했다고 생각하는 남자였다. 거기까지가 내 한계였다. 아, 기후협약에서

탈퇴한 미국 대통령 도널드 트럼프를 욕하기는 했다.

하지만 그녀의 여동생의 말을 듣고 있자니 내가 프레온 가스 가득한 지구에 빌붙어 사는 해충처럼 여겨지기는 했다.

나는 스스로를 거대한 우주의 하루살이 같다고 생각했다. 우주적 차원에서 생각하면 우리는 지구에 사는 만물의 영장이 아니라, 작은 별에 사는 하루살이 같은 거니까. 하지만 그녀의 말을 들어보니 나는 지구를 갉아먹는 메뚜기가 된 것 같았다.

"우리는 위험을 경고하는 띠 같은 존재가 될 거예요."

"언니도 거기 참여해요?"

나는 궁금했다. 그녀가 왜 여동생의 활동에 대해 내게 자세하게 설명하지 않았는지. 나를 지구평화와 너무 거리가 먼 사내라고 생각했던 걸까.

"언니는 집안의 평화를 지켜줘야죠. 어렸을 때부터 집안의 효녀니까."

나는 의심스러웠다. 그녀가 화성센터에 찾아가는 이유가 심청을 납치한 어부와 싸우기 위해 찾아가는 일과 비슷한 것은 아닐까 하고.

나는 언젠가 그녀가 꿈꾸듯 말하던 것을 기억했다.

"사람들은 내 심장을 헝겊에 둘둘 말린 돌맹이 같은 거라고 생각하는 거 아닐까 싶기도 해. 가족이건, 학생들이건, 동료 교사들이건. 지금은 심지어 나조차 그렇게 믿고 있는 것 같아. 하지만 이상해. 화성을 생각하면, 그 별의 무언가와 내가 이어져 있다고 생각하면, 정말 지금의 현실이 하찮지만 괜찮다, 라는 생각이 들어."

나는 그녀가 쌍둥이 여동생에게도 화성에 대해 말했을지 궁금했다. 나에게는 몇 번 화성의 신비에 대해서 신이 나서 말한 적이 있었다.

"많은 사람들이 달과 태양, 심지어 금성은 좋아해도 화성은 잘 몰라. 화성이 밤하늘에서 역행할 때가 있다는 걸 아는 사람이 얼마나 있겠어? 그리고 아주 오랜 시간을 거슬러 올라가 지구가 구역질나는 공기로 뒤덮인 별이고, 화성이 천국 같은 별이었을지 누가 아느냐고."

나는 그녀의 여동생에게 화성에 대해 물었다.

"어때요? 화성에 대해서는 생각하나요?"

"가끔 생각해요. 내 결심이 약해질 때마다 화성을 떠올리죠. 지구가 그런 고철더미 같은 별로 변하기 전에 우리가 더 열심히 살아야 한다고 다짐할 때마다."

Ⅲ.

현생 인류는 무의식적으로 천국과 지옥을 상상한다. 기독교의 복음이 전해지기 전부터 그것은 인간의 무의식에 각인된 메시지였다. 불교와 원시종교에서도 언제나 인간의 사후세계, 그리고 하늘과 낭떠러지에 대해 상상했다.

그 메시지를 누가 새겼느냐고? 우리가 새겼다. 우리는 바로 천국과 지옥에 대해 미리 겪은 존재들이기 때문이다. 이 페이지를 빌어 화성에서 전멸한 우리의 존재에 대한 역사서를 쓸 생각은 없다. 간단하게 말하자면 우리는 천국 같던 화성의 풍요와 지옥 같던 화성의 마지막을 모두 기억하는 생존자들이다.

화성의 멸망이 얼마 남지 않았던 날 우리는 결정해야 했다. 우리의 과학기술로는 우리의 육체를 우주로 오롯이 보낼 수 없었다. 우리 별의 발전 초기 우리는 직접 우주로 나가기도 했다. 하지만 기껏해야 우주는 캄캄한 암흑의 가스덩어리, 그 지루한 여행을 우리는 무인우주선으로 대신했다. 그 결과 우리는 화성에서 가장 가까운 푸른 별 지구에서 오랜 시간이 지난 후에 우리와 비슷한 생명체가 나타날 거라는 사실 정도는 익히 잘 알았다.

다만 우리는 화성의 멸망에 이른 시기에 지구로의 이주를 꿈꾸지는 않았다. 생명체는 그 수명이 다하는 순간 머릿속의 회로에서 체념이란 이름의 스위치가 켜진다. 그 체념의 스위치는 그러나 자살과는 다르다. 세상에서 사라지는 것이 아니라, 다른 방식으로 세상에서 살아가기를 꿈꾸는 가능성이기 때문이다.

우리는 우주의 아름다운 푸른 별의 으뜸이 될 생명체에게 우리를 선물하기로 결정했다. 우리 별의 수많은 과학자들은 성심성의껏 우리의 지혜를 농축한 결정체를 만들었다. 그것을 지금의 인류에게 무엇이라고 설명해야 할까 애매하기도 했다.

바이러스와 밈의 중간자적 성격? 활동성은 있지만 생명체는 아니었다. 하지만 동물의 호흡기를 통해 감염되면 그 생명체에 지성의 폭발을 일으키는 화학적 도파민을 터뜨린다. 이후 도파민은 흡입 개체의 활용에 따라 무한한 방향으로 발전하며 유전으로 이어진다. 우리는 그 신물질에 인류의 발음으로 '야민' 혹은 '야흐민'으로 들리는 이름을 붙였다. 우리는 언제 지구의 생명이 폭발할지 이미 예측해 놓았다. 화성에서 대부분의 생명체가 사멸한 뒤 1만 년 후의 일이었다.

우리의 예상대로 야민은 지구의 생명체를 통해 우리의 의식을 전달했다. 인류만이 아니라 뱀이나 고양이, 늑대나 사자, 고릴라 등 대부분의 생명체가 모두 야민을 흡입했다. 하지만 지혜의 폭발은 인류에게 가장 유용했다. 인류는 손과 발의 이용이 자유로웠으며 체격이 크지도 작지도 않아 움직임에 유리했다. 다른 동물들은 변화가 미미하거나 그다지 유쾌하지 않은 쪽으로 이어졌다. 수사자는 모든 사냥을 암사자에게 넘기고 게을러졌다. 판다는 너무 지성이 발달해 성관계를 포기하고 게으른 철학자로 변해갔다. 몇몇 포악한 포유동물들은 서로를 공격하다 멸망의 길에 이르렀다. 개미는 인간보다 더 지혜로웠으나 타고난 몸집이 너무 작아 푸른 별의 지배자가 될 수는 없었다. 작은 영장류들과 큰 영장류는 인간에 의해 도륙당하거나 말살당하기 시작했다. 야민의 폭발적인 성장으로 인류는 그들과 비슷한 영장류의 진화를 두고 볼 수 없었기 때문이었다.

인류는 야민의 가장 큰 수혜자가 되었으나 동시에 지독한 후유증을 앓기 시작했다. 그들은 바로 화성에서 시작된 '야민'을 통해 <화성증후군>을 앓기 시작했다. 유전적 진화를 통해 인류 내면의 '야민'도 진화하면서 바로 날 때부터 자신이 지구의 생명체라는 인식에 문제가 생겨난 것이다. <화성증후군>의 방향은 미묘하게 서로 달랐다. 그들은 스스로를 화성인이라거나, 혹은 화성에 영향을 받는 이라거나, 혹은 날 때부터 천국과 지옥을 이미 경험하는 존재라고 인식하며 살아가야 했다. 혹은 <화성증후군>에 시달리면서도 그 증상의 실체를 알지 못해 더욱 괴로워했다.

<화성증후군>에 시달리는 이들은 우리들을 원망할지도 모르겠다. 혹은 우리가 '야민'을 통해 인류에게 화성인의 유전자를 각인시켰다고 오해할지도 모르겠다.

아니면 반대로 '야민'의 실체를 알 수 없어 신이라는 명칭을 붙이며 숭상하는 경우도 있다.

앞서 말했듯 우리는 '야민'을 통해 인간을 화성인의 노예로 삼으려 했던 것은 아니었다. 다만 '야민'이란 지혜의 유전자를 가진 인간이 스스로 더 거대한 것의 노예가 되기를 꿈꿨을지는 모르겠다. 거기까지는 우리의 의도가 아니었다. 우리의 의도를 알아차리려면 인류는 더 지혜로워지고, 지구의 멸망이 좀 더 가까워져야 할 것이다. 그제야 인류는 진정한 체념의 아름다움에 대해 깨달을 수 있으리라, 야민.

<대담>

박생강 X 오한기

-잘 안 늙는 소설가

소설가의 일

오한기

안녕하세요, 선생님. 거의 3년 만에 뵙는 것 같네요.

박생강

네 안녕하세요. 오랜만에 뵈니 반갑네요.

오한기

요즘 어떻게 지내세요?

박생강

저야, 뭐 비슷하죠. 수사전문지 기자하고 있으니까 한 달에 두 번 사기 및 강력사건 취재하러 경찰서나 경찰청 가서 형사들 인터뷰하고요. 며칠 있다가도 마약 관련 사건하고 가짜 도박사이트 사건 취재하러 갈 예정이에요. 그리고 에어비앤비 청소하는 일하고. 대중문화칼럼 <소설가 박생강의 옆구리TV> 연재하니까 재미없는 몇몇 드라마들도 꾸역꾸역 봐야 하고. 최근에 대학에서 강의도 했고 뭐, 그러고 있습니다. 오한기 작가님은 요즘 어떻게 지내세요?

오한기

요즘 육아하면서 지내고 있습니다.

박생강

그 사이 아기 아빠 되셨네요. 어때요? 아기 아빠가 되고 나서 소설가의 삶이 좀 달라진 것이 있나요?

오한기

아무래도 다른 일로 돈 벌 생각을 많이 하게 되죠. 그런데 선생님 대학 강의도 하시면 요즘 대학생들 많이 보실 텐데 어떤가요?

박생강

신기했어요. 학생 중 한 명이 자기들은 삐삐(호출기)가 한국에서 멸종된 이듬해에 태어난 아이들이라고. 중학교 때 세월호 참사를 보고 충격 받았고, 고등학교 때 담임 선생님이 텔레비전으로 박근혜 탄핵심판을 생중계로 보여줬다고. 그래서 아, 내가 정말 다른 세상에서 태어난 사람들과 만났구나 싶더라고요. 그런데 막상 수업하면서 이야기를 나눠보니 크게 다른 건 또 잘 모르겠고 그랬습니다.

오한기

선생님은 이런저런 일들을 많이 하시고, 또 그 일을 소재로 소설을 쓰는 소설가잖아요. 『우리 사우나는 JTBC 안 봐요』 같은 경우는 직접 신도시의 피트니스 사우나에서 일한 경험을 소설로 옮기셨고요. 작년에 출간하신 『에어비앤비의 청소부』도 직접 에어비앤비 청소하신 경험이 소설에 영향을 주었다고 들었어요. 2017년 2018년 계속 장편소설을 출간하시느라 바쁘셨을 텐데, 언제 이 짧은 소설집 『치킨으로 귀신 잡는 법』을 계획하신 건가요.

박생강

2018년 걷는사람 짧아도괜찮아 시리즈 중 한 권인 『우리는 날마다』에 참여했어요. 그걸 계기로 2018년 2월에 <미스터 버티고>라는 일산의 서점에서 우다영 작가님과 함께 독자와의 만남을 가졌습니다. 그때 대화 중에 우연찮게 짧은 소설에 관심이 많다는 말을 했었거든요. 그 말을 듣고 걷는사람 대표님께서 책을 내볼 생각이 없느냐고 물으셨죠. 그리고 그날 <미스터 버티고> 사장님께서 제 소설 『우리 사우나는 JTBC 안 봐요』를 너무 재밌게 보셨다면서, 제가 쓴 좀비소설을 읽어보고 싶다 하셨어요.

오한기

아, 그래서 이번 소설집에 「책방의 좀비」라는 소설이 수록된 건가요?

박생강

그렇죠. 그때 제가 <미스터 버티고> 서점을 배경으로 좀비소설을 쓸 거라고 했습니다.

짧은 소설의 매력

오한기

그때부터 차분차분 쓰셨군요.

박생강

그런 셈이죠. 본격적으로 몰아서 쓴 건 『에어비앤비의 청소부』 나올 때쯤 두 달 정도?

오한기

저는 선생님께서 단편화에 실패한 아이디어나 이런 것들을 모아서 짧은 소설 분량으로 묶으신 게 아닐까 생각했어요. 시간을 내서 짧은 소설을 쓰는 것도 힘들지 않을까 싶어서요.

박생강

그런 방식은 아니었고요. 개인적으로는 80~100매 사이의 단편 분량을 그렇게 선호하는 편은 아니에요. 그럴 거면 아예 장편으로 쓰거나, 아니면 반짝이는 아이디어를 짧은 분량의 소설로 쓰고 싶었죠. 제가 손창섭선생님의 「탈의범」 같은 60년대 짧은 소설을 정말 좋아했거든요. 그때는 손바닥 장(掌)자 써서 장편소설이라고 했죠.

오한기

짧은 소설을 모두 새로 쓰셨는데 그 과정에서 어려움은 없으셨어요?

박생강

저는 단편을 늘려서 장편이 되고, 단편을 줄여서 짧은 소설이 되는 건 아닌 것 같아요. 각각 어울리는 스타일이 있는 것 같은데, 그 스타일에 맞게 짧은 소설을 쓰려고 고민했어요. 짧은 분량 안에서 쉽게 읽히면서, 뭔가 함축적이고 다양한 각도로 생각할 수 있는 이야기들을 만들려고 했습니다.

오한기

혹시 이 짧은 소설의 아이디어에 더 살을 붙여서 아예 장편소설로 개작하실 생각도 있으신 건가요?

박생강

거기까지는 생각 못 했는데 오한기 작가님이 보기에 이 소설집에 그럴 만한 작품이 있었나요?

오한기

저는 「화성증후군」에서 그런 가능성을 봤어요. 1, 2, 3부 각자 화자가 다르잖아요. 1부는 화성연구소에 쓴 것 같고, 2부는 여자 친구가 실종된 남자와 그 여자 친구의 여동생 이야기고, 3부는 약간 그 실종된 여자 친구가 화자인가요?

박생강

3부는 실종된 여자 친구의 '뇌내망상'으로 볼 수도 있겠네요.

오한기

등장인물도 많고, 소재도 인상적이어서, 이 간극 사이에 이야기를 집어넣으면 장편소설이 될 수도 있지 않을까 생각했어요.

박생강

거기까지는 생각 못 했고요. 각기 다른 스타일의 짧은 이야기 셋을 묶어보자는 생각이었어요. 1부는 남미의 붐소설 같은 느낌, 2부는 일반적인 형식의 소설, 3부는 SF서사 같은 느낌으로요. 이 각기 다른 느낌이 하나로 어우러지게 만들고 싶었어요. 그래서 개인적으로는 『치킨으로 귀신 잡는 법』의 인상을 대표하는 소설이 「화성증후군」인 것도 같아요.

오한기

어떤 면에서 그렇죠?

박생강

3부에 '야민'이라는 발터 벤야민에서 따온 단어가 장난스럽게 들어가잖아요. 그런데 마냥 장난은 아니고요. 약간 발터 벤야민이 그랬던 것처럼 현대 도시의 풍경이나 물신 기호, 거리의 풍경 이런 부분들을 가지고 환상적인 소설을 써보자 이런 마음이 있었고요. 또 그 안에서 가벼운 이야기, 시니컬한 이야기, 무거운 이야기들을 제 나름대로 썼단 말이에요. 그 모든 분위기를 아우를 수 있는 게 「화성증후군」이 아닐까? 그리고 이 소설의 증상인 「화성증후군」이 어쩌면 이 소설의 세계관이 아닐지, 이런 생각도 해봤고요.

멍든 별에 사는 차가운 귀신

오한기

이번 소설집에 SF적인 요소가 많잖아요. 혹시 앞으로 본격적인 SF소설을 쓰실 계획이 있나요?

박생강

딱히 그런 결심이나 계획이 구체적으로 있지는 않아요. 다만 제 위치가 순문학의 범주 안에서 장르소설을 바라보고 차용하는 정도가 아닌가 싶습니다. 그래서 그 경계 안에서 여러 가지를 차용해 보자 이런 계획이 있었어요. 그래서 「멍든 별」 같은 소설은 쓰면서 재미있었어요.

오한기

그러면 자연스럽게 「멍든 별」이야기로 넘어가죠.

박생강

「멍든 별」은 사실 'X는 Y별에 사는 존재로 그의 왼쪽 볼기에는 푸른 반점이 있었다. Y별의 사람들은 그것을 몽고반점이라는 명칭으로 불렀다.' 이 문장을 쓰고 그냥 머릿속에 떠오르는 것들을 서술하면서 소설을 만들어 나갔어요.

오한기

몽고반점을 외계에서 봤을 때 어떨까, 이런 아이디어요?

박생강

아니 그냥 이 문장이 떠올랐고, 그 외에는 아무 생각이 없었어요. 쓰면서 자연스럽게 고고학자도 붙고, 이런저런 이야기들이 연결되었죠. 일반적인 단편은 아무래도 플롯을 고려해야 하잖아요. 하지만 이런 분량의 이야기는 그런 것 없이 자연스럽게 내 느낌만으로 끝까지 끌고가서 좋더라고요.

오한기

내 머리로 콘트롤할 수 있겠다?

박생강

그 표현 좋네요.

오한기

이 소설집의 강점은 수록된 소설들이 각각 다른 느낌이 든다는 것 아닐까요. 개인적으로 제일 좋았던 작품은 「치킨과 차가운 귀신」인데요. 저는 감정적으로 훅이 있던 작품 같아요. 첫 번째 수록된 「치킨과 차가운 귀신이요. 이 차가운 귀신이 인간의 고뇌, 고민을 빼앗아 가는 거잖아요. 그리고 이 화자가 사랑이나 실연의 감정들에 대해 후반부에 서술하는 문장들이 있어요. 그 부분이 공감이 가더라고요. 사랑에 지친 사람의 심정이 느껴져서요. 선생님과 저하고 세대는 다르지만, 비슷하게 공유하는 부분이 있구나 싶었어요.

박생강

세대가 다르다고?

오한기

네, 77년생과 85년생인데요. 그래서 저는 선생님이 실연하시고 이 소설을 썼나 그랬어요.

박생강

그렇지는 않은데, 제가 실연이나 이별에 대한 소설을 쓰면 은근히 공감하시는 분들이 계시더라고요. 쉬운 말로 썼는데도, 뭔가 울컥하게 다가오는 게 있다고. 첫 번째 단편집의 「국수」를 읽고도 그런 감상을 말해주신 분들이 좀 있어요.

오한기

선생님과 저를 큰 틀에서 같은 세대로 묶으면 아무

래도 공감 가는 요소가 비슷할 수 있으니까요.

박생강

77년생과 85년생의 차이는 뭐가 있을까요? 우리는 서태지와 아이들 노래 들었는데.

오한기

저희 세대는 H.O.T.죠. 서태지와 아이들은 어렸을 때 텔레비전으로 봤는데, 좀 이상한 어른들이 나와서 춤 추고 있었고.

박생강

85년생이면 고등학생 때 노래방에서 버즈 노래 부르고 뭐 이런 세대 아닌가요?

오한기

아, 그렇기도 하죠.

2190년의 옛이야기

오한기

이번 소설을 읽으면서 내용이 어렵지 않아서 지하철에서 슥 읽으면서 공감하고 생각할 수 있는 부분이 있다고 생각했어요.

박생강

그래서 작가 후기에도 2190년의 옛이야기 방식이라고 썼죠.

오한기

맞아요, 현대적인 옛이야기. 귀신하고 치킨하고 합친 거잖아요. 현대와 고전의 결합 같은 느낌도 들고요. 그래서 선생님께서 야망이 있으시구나, 전략적으로 다가가는구나, 이런 인상도 들었어요. 2190년의 옛이야기라니.

박생강

처음부터 그렇게 접근한 건 아니었고요. 써놓고 보니, 뭔가 귀신도 많이 나오고 하는데 무섭기보다 뭔가 옛이야기, 우화, 이런 느낌으로 다가오더라고요. 소재는 치킨이나 브랜드네임, 예를 들어 교보문고나 LG 같은 거 등장하고. 그래서 2190년에는 옛이야기의 소재로 구렁이, 까치, 이런 것보다 지금의 현실에 등장하는 것들이 더 유용하지 않을까 이런 생각도 했어요.

오한기

「금순, LG, 로자」가 바로 대놓고 브랜드가 등장하는 경우인데요. 이 소설 재밌게 읽었는데, 제 친구가 LG에 다녀서 정말 LG에 로자가 있느냐고 물었다가 무슨 헛소리하느냐고 혼났습니다.

박생강

'로자'는 당연히 창작입니다. '금순'도요. 그런데 기업에서 제품 개발할 때 가상의 고객을 선정해 놓고 이 사람이 이러이러한 취향이 있을 것이다, 이런 식으로 개발을 하는 경우는 많다고 해요. 뭐, 어쩌면 LG에 로자나 금순이 존재할 수도 있겠네요. 로자는 지금 현대사회에 가장 이상적으로 생각하는 모든 걸 다 잘하는 슈퍼우먼 유형이 아닐까, 그런데 그것도 허상 아닐까, 뭐 이런 생각들을 했고요. 또 제가 수사 전문지 기자를 하면서 강력사건들을 많이 접하게 되는데요. 그 사건 속에 등장하는 여성들의 삶의 이력을 살펴보면, 가전제품 브랜드 회사에서 광고하는 쿨하고 행복한 삶과는 거리가 멀거든요. 과도한 허상과 감춰진 그늘, 그런 부분을 짧은 소설의 흐름에서 좀 대비해서 보여주고 싶은 부분이 있지 않을까 싶어요.

오한기

저는 선생님의 소설에서 이렇게 브랜드나 상품 이름이 그대로 등장하는 게 너무 좋아요. 이번 소설집만이 아니라 전작에서도 JTBC 등장하고, 에어비앤비도 등장하고 그랬잖아요. 제 동료 작가가 이런 브랜드가 오히려 현실을 링크해주기 때문에 독자에게 더 많은 상상력을 불러일으킨다고 한 적이 있어요. 저도 그 말에 공감하고요.

박생강

저도 그 말에 공감하고요. 또 브랜드 이름이나 이런 것이 예전처럼 도식적이고 선명한 게 아니라, 꽤 다양한 감각들을 불러올 수 있다고 생각해요. LG의 이미지도 하나가 아니라 되게 복합적이죠.

오한기

한국소설에서는 그런데 이런 시도가 많지 않은 것 같아요.

박
생
강

박생강

주로 지금은 없는 추억의 상표들만 등장하죠.

오한기

아마 소송 문제 이런 것 때문에 회피하는 걸까요?

박생강

『우리 사우나는 JTBC 안 봐요』 때는 출판사에서 JTBC 법무팀에 의뢰했어요. 방송사 의견으로는 법적으로 막을 수는 없지만 이 책 때문에 JTBC가 명예훼손을 당했을 때는 소송할 수 있다, 이 정도. 그런데 아마 그럴 일은 거의 없을 거라는 뉘앙스의 답변을 받았다고 하더라고요. 그런데 저는 개인적으로는 우리의 일상생활에 브랜드들이 깊이 들어와 있기 때문에, 문학이나 예술에서의 다양한 변주에 대해 기업들이 쿨하게 넘어가주면 좋지 않을까, 이렇게 생각합니다.

오한기

아마 앞으로는 이런 브랜드나 대중문화의 기호, 유명인들이 소설에서 중요한 코드로 쓰일 거라 생각해요.

대담 231

소설가의 미래를 암시하는 예지몽

오한기

이번 소설집의 「소설가가 꾸는 꿈」은 소설가의 예지몽에 대한 소설이잖아요. 그런데 실제로 어느 자리에서 선생님께서 종종 예지몽 꾸신다고 저한테 그러셨어요. 제 사주 보고 '비 맞은 닭'의 일주라고도 하셨고요. 나중에 제 사주 인터넷으로 찾아봤는데, 예술가들이 많은 일주더라고요.

박생강

「소설가가 꾸는 꿈」은 대부분이 가상의 창작품이라면, 한 작품은 에세이 같은 톤으로 써보자고 해서 쓴 작품입니다. 그런데 읽다 보면 이게 예지몽에 대한 에세이인가, 아니면 소설가의 망상인가, 이런 생각이 드는 이야기로요.

오한기

저는 「소설가가 꾸는 꿈」을 읽으면서 별것 없는 소설가들의 미래를 암시하는 예지몽이 아닌가란 생각이 들었어요. 이제 소설은 거대담론에서도 밀렸고, 영화, 유튜브 등등과도 경쟁이 안 되는 처지잖아요. 어쩌면 지금 현실에서 소설가의 처지도 이렇지 않나. 「소설가가 꾸는 꿈」만이 아니라 『치킨으로 귀신 잡는 법』 전체가 그런 소설가들의 미래를 보여주는 예지몽의 코드로 읽혔어요. 다른 소설에서도 소설가, 서점 주인 등등 소설을 둘러싼 사람들이 그리 잘나가는 것 같지도 않고요. 또 망상을 하는 고고학자 등도 그런 소설가들의 상징으로 다가오더라고요. 내가 작가라서 그런가?

박생강

꿈보다 해몽이 좋네요. 제가 의도하고 쓴 부분은 아닌데요. 카카오톡 목록의 절반 정도가 문학 관련 종사자이니 그런 심리가 묻어 있을 수도 있지 않을까 싶네요.

오한기

그럼 카카오톡 목록의 나머지 반은?

박생강

대부분 형사들이죠.

오한기

예지몽이 아니라 현실에서 소설가의 미래로 느껴지는 부분이 선생님은 소설만 쓰시는 게 아니라 프리랜서로 다양한 일을 하시잖아요. 저는 선생님이 직업으

로 소설가를 인식하고 나머지 일을 하시는 건지 궁금
했어요. 소설을 마음대로 쓰기 위해서 다른 일을 부업
으로 하는 건가, 이런 부분들이요.

박생강

그렇게 마음먹은 것은 아니었고요. 등단 후에 소
설 외에 다른 청탁들이 좀 있었어요. 문예지보다
<VOGUE>나 <GQ> 같은 잡지에서 칼럼 청탁이 먼저
왔고요. 대중문화 칼럼도 포털 측에서 먼저 의뢰가 와
서 2012년부터 시작했던 거고요. 수사 전문지 기자 역
시 제 소설을 읽어본 편집장님께서 먼저 연락을 해주
신 거고요. 하지만 제가 의도한 건 아니지만, 지금은 각
각의 다른 글쓰기를 소설 쓰기의 서브라고 생각하지
는 않아요. 각각의 짧은 글쓰기가 서로 피드백을 하면
서 영향을 주고받는데, 그 중심에 어쨌든 소설이 있기
는 합니다. 일종의 내 글쓰기 세계의 마을회관처럼 소
설이 있죠.

오한기

선생님은 제가 아는 작가 중에 꾸준하게 책을 내시
는데요. 이렇게 여러 일을 하시는데 시간이 가능한가
요?

박생강

바쁜데요. 시간이 없지는 않고요. 대신 각각 글쓰기의 분위기나 톤의 세팅을 머릿속에 해놓는 편이죠. 칼럼, 기사, 소설에 맞게. 서로 아이디어는 공유하지만, 고유의 문체들이 뒤죽박죽 얽히지는 않게. 다만 제가 소설에만 몰입해서 고민하고 압축해서 쓰는 방법을 택하기보다는 가볍게 툭툭 치는 방법으로 소설을 쓰긴 하는 것 같아요. 일부러 깊이 있게 들어가는 건 피하지 않나 싶기도 해요. 또 사람 자체가 한 가지에 대해 진득하게 사유하기보다, 여러 가지 것들을 느끼고 체험하면서 아이디어를 얻는 편이기도 하고요.

오한기

그럼에도 불구하고 선생님 소설은 문장이 단단하다는 생각이 들어요.

박생강

감사합니다, 저 그런 말 처음 들어봐요. 잠시 감격했네요.

오한기

문장 공부를 많이 하신다고 저는 생각했어요.

박생강

그보다는 쓸 때 가독성하고 문장의 리듬 같은 걸 중요하게 생각하는 편이에요. 발라드 문장이 아니라, 댄스 문장 같은 느낌?

오한기

각기 다른 글쓰기를 하시는데, 혹시 방송에도 출연하신 적 있으세요.

박생강

대중문화 칼럼 쓰니까 옴부즈맨 프로그램 이런 곳에 잠깐 30초 정도 코멘트 따고 이런 거는 한 적 있죠. 그런데 내가 소설가라는 건 못 알아봐도 또 그 짧은 순간 나온 걸 보신 분이 있어서 신기했던 경험이 있어요. 반찬 사러 단골 반찬가게 갔는데 주인아주머니께서 방송 나오시는 분 아니냐고 물어봐서 당황했었죠. 채널 돌리다가 제 얼굴 나오는 거 보고 채널고정했다고.

박생강 프로젝트

오한기

독자들이 『치킨으로 귀신 잡는 법』의 어떤 면을 보

면서 재미를 느끼기를 바라세요. 저는 개인적으로는 앞서 말한 흥미로운 부분을 제외하면 이 소설집에서 공간이나 지명이 주는 재미가 있더라고요. 친숙한 장소가 독특한 이야기 속에서 변주되는 느낌이랄까?

박생강

제가 소설 아이디어를 얻을 때 사람보다는 어떤 공간이나 상점, 지역 풍경에서 아이디어를 얻는 편이에요. 이태원에 작업실을 얻은 뒤로는 그래서 뭔가 작가적으로 풍요로워진 기분이 들어요. 재미있는 동네라서. 그래서 개인적으로 발터 벤야민의 『아케이드 프로젝트』처럼 현대적인 도시에서 고전적인 사유를 결합해서 무언가를 탄생시키는 그런 글쓰기를 동경하는 편이에요.

오한기

박생강 소설가는 한국의 발터 벤야민을 꿈꾸는군요.

박생강

에이, 아닙니다. 물론 독자분들이 이 책을 가지고 재밌게 놀았으면 좋겠다는 생각은 들어요. 일부러 이 소설들을 쓰면서 결말 앞뒤에 무언가 이야기를 붙이고 놀 수 있는 구조로 만들어봤어요. 소설의 결말에 이어서 새로운 스토리를 엮거나, 소설 시작 전에 다른 서사가 있을 법한 짧은 소설들이죠. 그런 부분들을 상상하면서 읽으시면 더 흥미롭지 않을까 싶습니다.

오한기

앞으로는 어떤 방식으로 소설을 쓰고 싶으세요?

박생강

아까도 말했지만 지금 하고 있는 다른 글쓰기 작업들이나 제가 몸으로 하는 일들과 피드백을 주고받으며 소설을 쓸 것 같아요. 그게 다른 소설가들과의 차별점이 되겠죠.

오한기

찰스 부코우스키하고 스타일은 다르시지만, 다른 경험들을 통해 사유를 넓히시면서 쓰시면 좋을 것 같아요. 선생님, 다음 박생강 프로젝트로는 어떤 작품 계획하고 계세요?

박생강

아직 특별한 계획은 없는데, 주변에서는 자꾸 범죄소설 써보라고 하네요. 범죄와 관련해서 제가 소설적으로 흥미로운 범죄가 있긴 해요. 그리고 언젠가 한번은 저도 숨 막히고 답답한데, 독자들을 끝까지 끌고 가는 장편소설도 써 보고 싶긴 합니다.

오한기

저는 예전에 선생님과 안면만 있을 때는 잘 몰랐는데, 지금은 선생님이 스트레스 잘 안 받는 특이한 소설가라는 인상이 있어요. 그래서 시간 나실 때 지금처럼 스트레스 안 받으시고, 재밌게 글 쓰셨으면 좋겠어요. 잘 팔리는 장르소설 써야지, 이런 게 아니라 떠오르는 아이디어로 소설을 쓰면 사람들이 더 주목하는 순간들이 있겠죠. 아직 젊은 작가시잖아요.

박생강

무슨 젊은 작가인가요. 이번에 대학에서 가르친 학생들이 어린이집 다닐 때쯤 제가 등단했어요. 그냥 잘 안 늙는 소설가 정도로 하죠.

오한기

잘 안 늙는 소설가라… 재밌는 표현이네요. 아마 이후에도 저한테 선생님은 잘 안 늙는 소설가로 기억될 것 같습니다.

박생강 기담집 　치킨으로 귀신 잡는 법

< 작가의 말 >

1

어린 시절부터 나는 옛이야기를 좋아했다. 까치와 구렁이가 싸우거나 호랑이가 사람들을 잡아먹는 대신 사람과 의형제를 맺는 그런 이야기들 말이다. 혹은 처녀귀신이 우물가를 배회하거나 빗자루가 도깨비로 변하는 이야기들이 내 문학적 무의식의 세계일 것이다. 하지만 한반도의 호랑이는 동물원에 있고 까치와 구렁이는 쉽게 보기 힘들다. 빗자루가 사라진 자리에 진공청소기가 들어섰으니 도깨비 역시 설 자리를 상당 부분 잃은 셈이다. 옛이야기에서 새벽에 닭이 울면 무서운 요괴들이 사라졌지만, 이제 도시에서 닭 울음소리를 듣기란 그리 쉽지 않다.

그렇다면 앞으로 백 년 후 사람들 입에 오르내릴 옛이야기는 어떤 것들일까, 하는 궁금증이 일었다. 그 궁금증 때문에 『치킨으로 귀신 잡는 법』의 짧은 소설들을 쓰기 시작했다. 나름 소설가의 손으로 2190년에 옛이야기로 구전될 법한 2019년의 이야기를 배양해 보려는 프로젝트였다. 우선 그래서 소도구로 닭 대신 치킨을 사용했다.

이렇게 쓰니 뭔가 대단한 스케일의 짧은 소설 같지

만, 그냥 지금 이 시대의 기호들을 민담의 방식과 다양한 장르문학의 비트(beat)로 자유롭게 리믹스한 짤막한 이야기들이다.

2

옛이야기란 원래 사람들의 입과 입을 통해 이야기의 살이 붙고, 결말이 달라지거나, 아예 외전을 낳는다. 이 책에 실린 짧은 소설들 역시 그런 식으로 성장할 수 있는 여백을 남겨두었다. 끝은 끝이 아니고, 끝에서 독자의 손길을 통해 새로운 이야기의 문이 열리기를 나는 바란다. 인터랙티브한 짧은 문학의 방식이랄까? 나와 당신이 언젠가 이 세상의 먼지로 변해도, 소설가의 짧은 소설을 읽고 독자가 상상한 이야기들은 영혼의 인공위성처럼 반짝반짝 빛나며 이 세계를 떠돌지도 모른다.

3

지금 우리의 쓰디쓴 현실이나 우울한 삶, 반짝이던 찰나의 하루가 과연 백 년 후에는 어떤 옛이야기로 사람들 사이에 전해질까?

4

<화성증후군>에 등장하는 '야민'이란 낯선 단어는 철학자 발터 벤야민에서 따왔다. 20대 중반 그의 글을 처음 접하고 흠모한 나머지 삼촌처럼 '야민이' 아저씨라고 혼자 부르던 때가 있었다.

2019년 여름
박생강

치킨으로 귀신 잡는 법

2019년 07월 17일 1판 1쇄 펴냄
2020년 01월 20일 1판 2쇄 펴냄

지은이	박생강
펴낸이	김성규
책임편집	김은경·이계섭
디자인	김동선
펴낸곳	걷는사람
주소	서울 마포구 월드컵로16길 51 서교자이빌 304호
전화	02 323 2602
팩스	02 323 2603
등록	2016년 11월 18일 제25100-2016-000083호

ISBN 979-11-89128-46-3 04810
ISBN 979-11-960081-2-3 (세트)